ちびっこ転生王子ののびのび異世界ライフ
～まるっとおまけな人生だから、
過保護な家族に愛される今世を楽しみましゅ！～

雨宮れん

目次

ナビ子さん
テティウスに
異世界のことを教えるために
付き添いとして送られた、
しっかり者のお姉さん気質な翼猫。
本名はナビーシャ・ビビエッタ・コレリー。
ダモクレス
シルヴァリア王国国王。
愛妻家であり、
子供達全員を愛する
よき父親。
テティウス
神様の手違いで
不幸体質を持つ前世から一転、
第三王子として新しい人生を
プレゼントされた転生者。
前世の反動か、今の幸福に最大限
感謝できる謙虚な心の持ち主で、
困っている人を見過ごすことができない。
好奇心旺盛で、事件に巻き込まれることも…？
ラチェリア
王妃でテティウスの母親。
無茶ばかりするテティウスが心配。
ちびっこ転生王子ののびのび異世界ライフ
～まるっとおまけな人生だから、過保護な家族に愛される今世を楽しみましゅ！～

CHARACTERS

登場人物紹介

シルヴァリア王国

ゼファルス

長男。王太子として勉強に運動に一生懸命。特に術式魔術の才能に恵まれている。

アクィラ

次男。勉強よりも身体を動かすのが得意で、活発なタイプ。魔術は苦手。

ヘスティア

双子の姉妹。将来は錬金術を極めたいと思っており、熱心に勉強中。

ユスティナ

双子の姉妹。兄妹の中では一番口が回る。魔道具作りに夢中。

伯爵家

イヴェリア

スピラー伯爵家令嬢。あるきっかけでテティウスと知り合い、仲良くなる。

流星の追跡者

剣士のセリオン、槍使いのレナータ、神官のザイオス、弓使いのネレアの4人で構成された冒険者パーティー。

アスタナ

創世の女神。手違いで不幸な人生を送ることになった主人公に、テティウスとしての新しい人生をプレゼントする。

プロローグ

高橋優人《たかはしゆうと》は、ため息をついた。

やっぱり今日もついていなかった。

取引先から直帰を許されたところまではラッキーだったが、いざ帰ろうとしてみたら土砂降りの雨。

とりあえず最寄り駅から自宅まで、最短ルートを通ろうとしたら工事中。

二百メートル先の横断歩道まで歩くか歩道橋を使うかの二択を迫られた。

雨の中どうするか選択肢にかけた結果、歩道橋を渡ってさっさと帰宅に天秤は傾いた。

しかたない、と階段を上り、横断し、さあ下りだというところで見てしまったのである。雨の中、うずくまって震えている黒い子猫を。

みぃみぃと細い鳴き声をあげている子猫は、なぜ、こんなところにいるのだろう。どこかの軒先で、雨を避けていればよかっただろうに。

優人の頭の中を、再びいくつかの選択肢が駆け巡る。

このまま見なかったことにしてしまうのが一番楽だ。

でなければ、とりあえず連れて階段を下りて、屋根のあるところに放置。

いずれにしても、これだけ弱った状態では、この子猫の命は長くはなさそうだ。

（……どっちもないな）

そして優人はその名が示す通り優しかった。優しいを通り越してお人よしだった。

二十四歳になった現在、築二十年の庭付き一戸建ての実家暮らし。

家族に猫アレルギーはいない。むしろ、猫を飼いたいと母が騒いでいる。

連れて帰ったところで、「元いたところに戻してきなさい！」と、目を吊《つ》り上げて叱られる可能性は限りなく低い。

いや、この際だから、反対されたら実家を出てしまえばいいか。

どうせ、来年にはひとり暮らしをすると家族にも宣言済み。

今から探せば、猫を飼ってもいいマンションを見つけることだってできるだろうし、それまでの間なら家に置いても許してくれるだろう。

「お前、家に来るか？」

「……みぃ」

小さく鳴いた子猫は、優人にすり寄り、靴に体をぺったりと寄せてくる。それどころか、革靴に前足を乗せ、脛《すね》に足をこすりつけてきた。

「よしよし、それじゃしかたないな――一緒に来い」

優人は、しゃがんで子猫に手を伸ばした。手の中に子猫を抱えたその瞬間。

「な、何だ……うわあああっ！」

ドンッ！　ガシャーン！という激しい音。激しく歩道橋が揺れ、バランスを崩す。

運が悪い時には重なるものである。

雨の中、滑りやすくなっていた歩道橋。下り方向に向いて、上半身をかがめていた優人の体勢。

そこへやってきた衝撃。足が滑って、身体が宙に投げ出された。

空中で回転しながら見やれば、目に飛び込んできたのはクレーンを積んだトラック。雨で視界が悪くなっていて、歩道橋が見えなかったのかもしれない。

「――嘘だろ、おいっ！」

頭の中で、今までの人生がスローモーションのように流れていく。

これが走馬燈というやつか。

物心ついた頃から、優人だけ妙に運が悪かった。

家族全員蜂に襲われた時も、結果的に刺されたのは優人だけ。

家族で旅行中、食べ物にあたったのも優人だけ。

小学校の運動会、トップで走ってきたクラス対抗リレー。バトンを受け取った優人が走りだした瞬間、靴紐が切れたのは優人のせいじゃないと思いたい。

宝くじに当たったことは一度もないし、占いに行けば「あなたの未来は見えません」と却下されたことは数知れず。

二年に一度は交通事故に遭《あ》っていたし、さらにそのうち三回は一か月以上の入院を余儀なくされた。友人の間で当たり屋疑惑が出るほどだ。

家族と比べたら、優人の運の悪さは群を抜いていたわけだけれど——。

(こんな死に方をするほど、悪いことしたっけ?)

頭を打ちつけた痛みの次に脳裏に浮かんだのは、そんな言葉だった。そして、それきり優人の意識は閉ざされた。


閉ざされた——はずだった。

「申し訳ございませんでしたー!」

はっとして起き上がった時には、絵にかいたような綺麗《きれい》な土下座が目の前にあった。黒い髪の女性が、優人の前で平伏している。

それはもう綺麗な土下座であるのだが、なぜ、彼女が土下座を披露しているのかがわからない。

「……あの」

「申し遅れました、ワタクシ神様と申します」

いや、ぱっと顔を上げた瞬間、ここで名刺を差し出されても。

マナー教室のお手本にしたいぐらいの自然な動作で差し出された名刺を、思わず両手で受け取る。これでも社会人三年目。名刺交換は何度もやったことがある。

「ご丁寧にどうも――」

と、名刺を差し出そうとして、周囲が優人の知っているものとはまるで違うことに気が付いた。

いやここどこだ。

というか――神様?

神様、という言葉が、ようやく頭の中でぱちりとはまる。

目の前にいるのは、黒髪の美女。いや、美少女、女神か。

十代後半と思われる彼女は、長いストレートの黒髪を揺らし、へらりと申し訳なさそうな笑みを浮かべている。

女神様って日本人顔なんだ、と不意に思った。そして、名刺を持っているんだ。

ちらりと視線を落とせば「創世の女神アスタナ」とだけ書かれている。

「カタカナ名前かーい!」

顔立ちも日本人のものだし、てっきりもうちょっと和風な名前が出てくるものだと思っていた。

「いえいえいいえ、ワタクシあなたのお好みの女性の容姿をとっているだけですので」

頭の中を読まれている！

というか、うん、たしかに好みのタイプだ。

普通に会社員として働いている優人であるが、ここ数年恋愛には縁がない。最初で最後の彼女は、大学入学から卒業までお付き合いした人だけ。

それも、社会人になったとたん、お金のある先輩に乗り換えられた――。

「うん、思い出したわ」

「お好みじゃないです？　じゃあ、ツンデレ金髪美女にでもなります？　アニメとか漫画とか好きになるキャラ、そういうタイプが多いですよね」

それもバレてた！　ツンデレ好きなのもバレてた！

がっつりオタクというほどでもないが、ゲームや漫画、ライトノベルの類もそれなりにたしなんではいる。暇な時間をつぶすのにちょうどいいので。

「……わかった。とりあえず、女神様、そのままでいいよ」

すでにこの姿に馴染《なじ》み始めているので、いきなり変えられても困る。

「やっぱり名は体を表すですねぇ……優しい」

語尾にハートマークのついていそうな口調で言われても。

肩をすくめた優人に、彼女はまたへらりと笑った。その表情もまた、元彼女に似ている。なんてこった。

「で、俺をここに呼んだわけは？　まさか、俺の事故って女神様のミス？」

「うわああああああっ！」

何気ない優人の言葉に、アスタナは両手で頭を抱えてしまった。こちらの話を聞いてくれる余裕はなさそうだ。

「違うんです違うんです、あの事故はワタクシのミスじゃないんですぅぅ、いやワタクシのミスなんですけどぉぉぉ！」

「……ちょっと落ち着こうか」

そっと背中を撫《な》でてなだめてみる。女神様相手に不敬かなとは一瞬思ったが、深く考える必要はなさそうだ。

背中を撫でていたら、アスタナも落ち着きを取り戻してきた。優人の前に正座した彼女は、両手の人差し指をもじもじと擦り合わせた。

「ええと、あの事故っていうか……あなたの人生そのものが設定ミスなんですぅぅぅぅ――――！」

「……は？」

どうしよう、全人生を否定されてしまった。

一番話しにくいことを口にしたからか、相手は落ち着きを取り戻したようだった。

「あのですね、人間には幸運と不運が一定の基準で割り振られるものなんですよ。人によって多い少ないはありますけど」

「うん」

「それで、ですね……優人さんの場合、家族の分の不幸まで優人さんに降りかかるように設定されていたみたいでですね……」

「なんてこったい！　道理で！」

家族の中で自分だけ不運な目に遭うことが多いなとは思っていたのだ。家族の分の不幸まで背負わされていたとなると納得はできる。

ちなみに、優人の家族は両親と弟ひとりに妹ふたりなので、自分の分の他に五人分の不幸を背負わされていたわけだ。

「でもまあ、家族の分まで不幸を俺が背負えたのならよかったのかな？　ところで、俺が死んだら、今まで俺が引き受けていた分の不幸が家族に行ったりする？」

「いえいえいえ、そんなことはありません。あの事故は、家族全員の一生分の不幸が全部優人さんに行ってしまった結果なので。ご家族は今まで通り」

「そっか。それなら、まあいいや」

家族全員が一気に不幸になるとかではないのなら、優人としては問題ない。家族の幸せだけが気になっていたのだから。

「で、ですね？　それにしても優人さんだけが不幸なのは申し訳ないので」

「ヒューマンエラーってやつはどうしようもないですよねぇ」

いくら頑張って事前に対策を立てていたとしても、発生してしまうエラーは防ぎようがない。

「ワタクシ神様ですけどねっ！　ですが、ミスをしてしまったのにお詫びのひとつもしないというわけにもいかないので！」

「はい」

「とりあえず、違う世界にご招待という形でいかがでしょう……？　前世の記憶を持ったまま、人生二周目です。本来なら皆さん、自分でも気が付かない神から与えられた人生の目標を持って生まれ変わるのですが、今回はそういうの一切なしで」

もじもじし続けながら上目遣いにアスタナが言うには、人は皆、神から何らかの使命を与えられて生まれるのだとか。

使命といっても、日本を支えるとか、世界の歴史を変えるような大発明をするとかそんなたいそうなものばかりではなく。

家庭を持って平凡ながらも幸せな一生を送るとか、できるだけ病気や怪我をせずに長生きするとか。趣味に没頭する一生なんていうのもあるそうな。

だが、優人の場合は、根本的な女神様のミス。使命を負わずに人生一回分生きられるようにしてくれるらしい。

「つまりまるっとおまけな人生？　好きなことだけやればいい？」

「そう解釈していただいてけっこうですよー。あと、何かご希望とかあります？　できる限りはご要望にお応えさせていただきますけれども！」

まるで、どこかの営業の人みたいなことを言い始めた。今の場合、優人の側には受け入れるしか選択肢はないわけではあるが。

「健康で、温かな家族がいてくれたらそれで充分」

「謙虚！　でも、神様のお詫びです。そんなわけにもいかないのです。美少女ハーレム作ったりとかします？」

「そういうのはいらないかなぁ……」

恋愛願望皆無とは言わないが、美少女ばかり何人も侍らせたいという願望はない。好きな人に好きになってもらえたらそれでいい。

「んでは、魔術が使えるようにしましょう。鍛えたら鍛えただけ能力が伸びるようにもしておきますねー。だって、やりたいことがあっても全然上達しなかったら面白くないでしょ？」

「下手の横好きでも構わないんだけど」

「いやいや、これはお詫びなのです。神様のお詫びなのだから、この程度ですませるわけにはいかんのです。健康な身体に、状態異常に対する耐性もつけましょう。あっちの王族多かれ少なかれ耐性持っていますから。あ、あと運動神経も大事ですねっ」

「そんなにいらないですよ……？　王族とかめんどそうだし……」

だが、アスタナは止まらない。

愛らしい容姿やら、末っ子を可愛がる兄姉だとかとんでもないことまで言い始めた。そして、カリカリとノートのようなものにメモを書き続けている。

「ふぅ、こんなものですかね」

こんなものと言われても、途中から聞くのをやめてしまった。あまりにもサービス過剰で怖い。

「では、二度目の人生行ってらっしゃいませー！」

「え、もう？」

終わったら改めて相談しようと、手が止まるのを待っていたのに。

だが、あっという間に優人の身体は浮き上がり、そのままひゅーんとどこかに放り出される。

「あれ、やっぱりやりすぎたか……？　まあ、いいですね、このぐらい。ミスをカバーするわけですし、帳尻合わせっ」

何か、聞いてはいけないことを聞いてしまったようなのだが――。

だが、女神様のところに戻る術なんて持ち合わせているはずもなかった。

第一章　産まれまして異世界

大陸の中央に位置するシルヴァリア王国は、大陸内でも有数の大国として知られている。

現在の国王は、ダモクレス・シルヴァリウス。まだ三十代前半の若き王である。王妃のラチェリアとは十五年前に結婚。

王太子である長男ゼファルス十二歳、次男アクィラ十一歳、双子の王女、ヘスティアとユスティナ、八歳。そして、末っ子である三男テティウス四歳。

すくすくと育っている子供達に囲まれて、国の今後は安泰だと思われた。

ただ、ひとり、テティウスをのぞいては。

今日も王宮の一角では、姉ふたりが末っ子を甘やかしていた。

「テティ、はい、あーんして」

「あーん」

水色のドレスを着て、長いピンク色の髪を三つ編みにしたヘスティアの膝の上にいるテティウスは、大きく口を開いた。

ふわふわの銀髪をきちんとととのえ、白いシャツに、オーバーオールのような上下一体型のズボン。白い靴下に茶色の靴。

プリンの入った器を持っているのは、ヘスティアとそっくりなユスティナだ。ユスティナは、ヘスティアと同じデザインで黄色のドレスを身に着けている。髪型は、ハーフアップだ。

家族以外で双子の区別がつく人はほとんどおらず、ヘスティアが青系、ユスティナが黄色系を身に着けることが多いために、髪型と服の色で区別をしているらしい。

「ユスねえさま、はーやーく」

口を開けて待っているのに、プリンをすくったユスティナは、テティウスの口の前でスプーンを止めたまま。要求されて初めてスプーンを寄せてくれた。

「美味しい？」

「うん、おいち」

つるんとプリンを呑み込んで、テティウスはにこりとする。それを見ているヘスティアとユスティナも、にっこりとした。

（姉様達、いつまでこれを続けるつもりなのかな……）

高橋優人、享年二十四歳。

気が付いたら、異世界で王子様になっていましたとさ。

記憶が戻ったのは、ようやく寝返りを打てるようになった頃。女神のアスタナと会話した記憶もばっちりある。

女神様との約束通り、今の人生でも前世同様、温かな家族に囲まれて暮らしている。

前世では長男だったけれど、今回の人生では末っ子。

そして、末っ子を構いたがる兄姉に囲まれている。怖いほどの溺愛っぷりなのは、女神様のサービスなのだろうか。

(脳内も四歳まで戻っていれば、こんなに恥ずかしくなくてすんだ気もするんだけど)

何しろ、前世の二十四年と今世の四年を足せば、三十年近い人生経験があるのだ。優人の記憶があるテティウスとしては、こちらが子守をしている気分である。

「はい、もう一回あーん」

「テティはもうちょっと大きくなる必要がある」

「あい、ねえさま」

姉達が過保護にテティウスにおやつを食べさせているのには理由がある。

他の子供達と同じようにきちんと食事をとり、適切な運動をし、そして、睡眠時間も確保している。食が細いということもなく、運動神経も年相応に発達している。

なのに、小さい。もうすぐ五歳なのに、二歳といっても過言ではないほど小柄なのだ。

知能の成長が二歳並ということはなく、舌足らずながらも言葉はきちんと解して発するし、お手洗いの失敗もない。

ただ、身体が大きくならないだけ——両親である国王夫妻にとっては悩ましい事態だ。兄や姉達にとっても。というわけで、皆、せっせとテティウスに食べさせては大きく成長させようとしている。

家族のことは愛しているし、皆の好きなようにさせておけばいいと思っているのもまた事実。

「次は私の番」

ヘスティアが、両手をユスティナの方に差し出した。テティウスの口にスプーンを運ぶ役を交代するのだ。

「じゃあ、テティはこっちに来て」

「あい」

ひょいとヘスティアの膝からユスティナの膝の上に移動させられる。

この身体、どうにもこうにも成長が遅い。牛乳だって、毎日山ほど飲んでいるのに。

移動させられたかと思ったら、また「あーん」。こうやって、少しでもテティウスを大きくさせようとしているのだから、反抗はできない。

どっちにしても、王宮の料理人が腕をふるったプリンは美味しいし。

「テティ、おやつは食べたか？」

「あい、ゼフにいさま。たべてるとこ」

ばたばたとこちらに走ってきたのは、長男、王太子ゼファルスである。

テティウスがあと十年成長したら、きっとこんな感じになるだろうと思うほどそっくりだ。

長めの銀髪を首の後ろで一本に束ねている。

「今日も兄上には勝てなかったなー」

「簡単に勝てるようじゃ困るだろ」

ゼファルスのあとから頭をかきかきやってきたのが、次男のアクィラ。彼の髪色は、双子と同じピンク。勉強より、身体を動かすのが得意なタイプだ。

剣の腕がずば抜けているが、ゼファルスにはまだ勝てたことはない。いつかはゼファルスに勝つのが夢なのだとか。ゼファルスの方が、圧倒的に上なので。

「よーし、今日もテティは可愛いなあ」

「ゼフにいさま、たかいってば！」

ひょいとユスティナの膝からテティウスを取り上げたゼファルスは、脇の下に両手を差し入れ、そのままテティウスを持ち上げる。

いわゆる「高い高い」をされて、テティウスは手足をバタバタさせて笑った。それを見ていた兄姉達は、安心したような顔になる。

毎日こうやって重さを確認されているのに、あまり重くなっていないのが、申し訳なく思えるほど。

「うん、今日も立派に重くなったね！」

「あい！」

「俺も俺も！」

下ろされたかと思ったら、今度はアクィラの腕の中、高い高いではなく、ぎゅっと抱きしめられて、頬をぺたりとつけられる。

アクィラの頬《ほお》はなめらかだけど、それ以上になめらかで柔らかいのはテティウスの頬。自分の顔は何度も触っているからわかる。

「兄様達、邪魔」

「テティのおやつを邪魔するの？　おやつも大事な栄養補給だって、お母様が言ってたの忘れた？」

先にじろりと兄達を睨《にら》んだのはヘスティア。続いたのはユスティナ。

そっくりの顔が、真正面から兄達を睨みつける。顔はそっくりなのだが、ヘスティアは口が重めで、その分ユスティナの方が弁が立つ。

「悪い悪い。いっぱい食えよ——と、兄上、俺達もおやつにしよう」

「そうだね」

今の今まで剣を交えていた兄達は、身体を動かしたあとだからお腹ぺこぺこのようだ。

プリンだけでは足りないらしく、ふたりの前には焼いた肉を挟んだサンドイッチとお茶も並べられた。

「ユスとヘスは、そろそろ勉強に戻らないといけないいんじゃないか？」

「そろそろ行く」

「テティのおやつが終わったら行くことになっているの。兄様達が邪魔しなかったら、とっくに食べ終えていたのですけど？」

おやつの途中で遊び始めてしまったのをユスティナに指摘されて、ゼファルスは頭をかいた。八歳という年齢が嘘ではないかと思ってしまうほど、ユスティナは口が回る。喧嘩《けんか》をしたことはないけれど、口喧嘩ならば兄妹で一番強いかもしれない。

「ユスねえさま、なにするの？」

「私は、小型の冷風機を開発するの。それが宿題だから」

「ヘスねえさまは？」

「私は氷の魔石を作る」

転生する前にアスタナは魔術の才能がどうこうとか言っていたが、転生した世界には、しっかり魔術が存在していた。

転生物のお約束、剣と魔法のファンタジーワールド。そして、魔術が存在するだけでなく、魔術を応用した錬金術も存在していた。

錬金術とは、素材と魔力を合わせ、物質を変容させること。この国においては、魔術師と同じぐらい重要視される存在である。

というのも、魔物から取れる魔石に様々な効果を持たせるのに欠かせないのが錬金術だからだ。

ヘスティアは将来、錬金術を極めたいと、錬金術の勉強に一番熱心である。

対して、ユスティナはといえば魔道具作りに夢中である。

魔道具とは、いくつかの素材を組み合わせて作られた便利な道具のことだ。

製作の過程で魔術や錬金術を応用したり、素材に錬金術で作られた品を用いたりするため、高名な魔道具師は錬金術師と懇意にしている者が多い。

「ヘスねえさまはませきをつくる。ユスねえさまは、れいふうきをつくる」

うんうんとテティウスがうなずいているのを見て、姉ふたりはにっこりと笑った。テティウスの額《ひたい》に順番にキスしてから、ぱたぱたと走り去る。

（うん、いい家族だよな）

走り去る姉達を見て、テティウスもにっこり。

成長しない身体に不安を覚えないといえば嘘になるが、こうやって温かな家族に囲まれている。前世の家族に想いをはせることはあっても、必要以上の郷愁にかられることもない。ちゃんと前を向いて歩いていることに、テティウス自身が安堵《あんど》していた。

「おし、俺の膝に来いよ」

今度はアクィラの膝の上だ。ぬいぐるみではないのだが……と思いつつも、おとなしく場所を移動する。

「サンドイッチ食べる？」

ゼファルスの言葉には首を横に振る。身体が小さいからか、プリンだけでお腹いっぱいだ。

「あーあ、次は魔術の授業かあ……」

「アクィラは、もうちょっと魔術の勉強は頑張った方がいいね」

ため息をついたアクィラはテティウスの肩に顎《あご》を載せ、そんなアクィラをゼファルスはやんわりとたしなめた。シルヴァリウス家は魔術が得意な家として知られているのだが、アクィラは一族には珍しく魔術が苦手なのだ。

この世界の魔術は、大きくふたつに分類される。

呪文を言葉として発する詠唱魔術と、脳内に魔術式を描いて発動する術式魔術だ。

詠唱魔術は声に出してしまうことで、どの魔術を発動しようとしているのか悟られてしまうという欠点がある。だが、音として発するために、魔力の制御が比較的容易で、暴発することはめったにない。

逆に術式魔術は脳内に術式を描くのが難しく、暴発の危険性はいなめない。だが、慣れてしまえば詠唱魔術よりも速く発動することができ、どんな魔術を発動しようとしているのか知られないという利点がある。

シルヴァリウス家は、特に術式魔術の才能に恵まれた者が多いのだが、兄妹の中で、その筆頭はゼファルスだ。彼の魔術制御の能力は、百年に一度の才能とも言われている。

対極なのが、次男のアクィラだ。魔力量は、他の兄妹と同じぐらいあるのだが、魔術式を覚えるのが「面倒」だそうで、彼の術式魔術の使い方は肉体強化に振りきれている。肉体強化の魔術式だけは頭の中に入っているらしい。

家庭教師達は頭を抱えているが、両親は「得意なことを伸ばせばいい」という教育方針なので、最低限の課題をクリアすればそれ以上うるさいことは言わない。

問題は、その最低限の課題さえも嫌がってサボりがちなところなのだが……。

「アキにいさま、がんばって」

「おー……詠唱魔術は何とかなりそうだから、次は術式魔術なんだよな……」

「練習に付き合ってあげるから、もうちょっと頑張ろうか」

「へーい」

ちょっぴり残念なのは、テティウスは、彼らのような気の置けない関係に交ざるには幼すぎること。膝の上でぱちぱちと手を叩《たた》き、アクィラを励ましておいた。

＊　＊　＊

今日は、ユスティナとヘスティア九歳の誕生日である。

招待客を多数招いてのお祝いは先日終えた。今日は、家族だけでのお祝いだ。

「お誕生日おめでとう！」

「ありがとう、皆」

家族の言葉に、声を揃《そろ》えて返したユスティナとヘスティアは、スカートを摘まんで綺麗な動作で頭を下げる。

今日のふたりも、それぞれ黄色と水色のドレスを着ている。色以外は、髪飾りも、首につけたリボン型のチョーカーもお揃いだ。

「ヘスねえさま、ユスねえさま、おたんじょーび、おめでとうございます」

「可愛い……！」

声を揃えた双子は、区別のつかない笑顔で両側からテティウスを抱きしめる。

姉達に挟まれてちょっぴり苦しいけれど、そこは顔には出さないのだ。何しろ、中身は大人なので。

「テティも大きくなったなぁ。そろそろ乗馬の練習を始めるか」

テティウスを膝に座らせ、そう言ったのは父である。子供達とは違い、父は真っ赤な髪の色をしていた。鋭い目の色は、灰色だ。

結婚直前に炎系統の魔術を扱う力が極端に伸びた時、色が変わってしまったのだそうだ。そういった事例は珍しくなく、この世界には前世では考えられないような髪色の人も存在している。

年齢より若々しく、今でも女性からのお誘いが絶えないらしい。それを笑顔ですっぱりと切ってのける愛妻家である。

「……ほんとに？」

姉達にはにっこりとしたけれど、父は半眼でじろりと見ただけ。乗馬の練習って、この小さな身体で本当にできると思っているのか。

「もちろんだとも！　そりゃ、大きな馬は無理だろうが、ポニーとかもっと小さな馬もいるぞ」

「わかりまちた」

たしか、前世でも、ポニーより小さな馬がいたというのは何かで見た覚えがある。

いくらテティウスが小柄とはいえ、そんな小さな馬に子供を乗せてしまって大丈夫かという問題はあるのだが。こちらの世界には、小さくて頑丈な馬がいるのかもしれない。

「ふふ、そろそろおやつにしましょうか」

そう声をかけてきた母は、五人も子供を産んだとは思えないスマートな美女だ。緩やかにウェーブを描く金髪を、きちんと結い上げている。

娘達と似たデザインのドレスを身に着けているのだが、そうしているところを見ると母子ではなく姉妹に見えるほどだ。

今日は家族だけでの誕生会なので、父も母も仕事は最低限。

他国からの使者との面会だの視察だのは、子供達の誕生日にかからないよう配慮して家族と過ごす時間を確保している。

もちろん、それでは片付かないこともそのうち出てくるかもしれないけれど、今のところ、誕生日に邪魔が入ったことはない。

母の前に、ホールケーキが出される。ホールケーキは、半分がチョコクリームで、半分が生クリームだった。

「ケーキ！」

テティウスの目が輝く。

王族だから、毎日美味しいものを食べてはいるが、甘いものは別腹だ。前世でもそうだった。

「最初に選べるのは、今日が誕生日の人よ？」

母の手で、ケーキが切り分けられる。普段は使用人達がやってくれるのだが、誕生日の時だけは母が切り分けてくれるのもお約束だ。

「ユスティナはチョコレートケーキ、ヘスティアは生クリームのケーキだったわね」

八等分されたケーキが、子供達の前に並べられた。

目の前に出された皿のうち、本日の主役が最初の一皿を選ぶことができるというのは、母が決めたことらしい。昔、ゼファルスとアクィラが、喧嘩になったからだとか。

誕生日のケーキをどんなものにするかは、その日の主役の趣味で決められる。

今日、チョコレートクリームと生クリームを半々にしたケーキなのは、双子の好みが生クリームとチョコクリームで分かれているから。

「私は、これにするわ」

「私は、こっち」

ユスティナは、チョコレートケーキの中から一切れ、ヘスティアは生クリームのケーキの中から一切れを選ぶ。

「次はテティが選んだらいいよ」

と、長男の余裕を見せるのはゼファルスである。

「これにしゅる」

大きなイチゴののったチョコレートケーキを選んだテティウスは満足である。

前世の家族も、同じように誕生日の人から選んでいたな――と、一瞬、幼子らしからぬ遠い目になった。

前世では一番お兄ちゃんだったから、自分の誕生日の時でさえも末っ子に譲ることが多かった。今回の人生は譲られる立場だ。

「……また、そんな顔をして」

母がそっとテティウスの頬に手で触れた。

これが親の勘というものなのだろうか。母は鋭くて、テティウスが前世のことを思い出している時はすぐに気づく。

テティウスが何を考えているのかまではわかっていないだろうけれど、今回の人生に意識を引き戻してくれるのはたいてい母だ。

「どうしたの？」

「ケーキ、たべりゅ」

母に心配させてしまったことは、反省しなくては。

四歳児の身体に成人男性の魂が入っているわけだが、肉体の年齢に心が引きずられることも多い。

「あーんしてやろうか」

「じぶんでできましゅ」

父がフォークを手ににじりよってくるのは、フォークを持っていない方の手で制した。

一応、中身は二十歳を過ぎているので、兄姉はともかく、父にまで「あーん」されるのはごめんこうむりたい。兄だった頃の名残か、テティウスは子供には優しいのである。残念そうに、父はへにゃりと眉を下げたが、見なかったことにしておいた。

「……そうだわ、今日は魔術芸団を呼んでいるの。そろそろ準備ができる頃じゃないかしら」

「まじゅちゅげいだん？」

聞きなれない言葉に、テティウスは首をかしげた。魔術芸団って何だ。

「ふふ、見ていればわかるわよ」

「まちましゅ」

もう一口、チョコレートケーキを口に運ぶ。

最初にチョコレートとイチゴを合わせようと思った人間には、天才の称号を与えてもいいのではないだろうか。チョコレートの甘味とイチゴの酸味が絶妙に合う。

「……おいち」

どうしてこの身体はこんなにも成長が遅いのだろうか、とか。

いつになったらまともに話すことができるのだろうか、とか。

なんて考えつつも、目の前に美味しいケーキが出されたら、そんなことどうでもよくなってしまう。我ながら単純なものだ。

それに、気になることはいろいろあるけれど、深く考えたってしかたないとも思っている。

今回の人生は、まるっとおまけみたいなもの。

神様が恵んでくれたチャンスだから、思う存分好きなことをしたい。

「魔術芸団か……楽しみだな」

「兄上見たことあるのか？」

「僕はもう、公務に携わっているから」

まだ十二歳だが、未来の国王であるゼファルスは、少しずつ公務にも顔を出している。だが、成人はまだ先ということで、難しい選択を迫られるような仕事は任されていない。

ちょっとした会に呼ばれて挨拶をしたり、優れた業績を上げた者に褒美を渡す場に出席して褒美を渡す係を引き受けたり、というのが中心だそうだ。

「この間、出席した茶会で、魔術芸団の公演を見せてもらったんだよ」

「へぇ」

兄ふたりの会話を、フォークでケーキを切り分けながら聞いていた。

(早く王宮の外に出られるようになればいいのに)

牛乳を差し出され、それをこくりと飲む。

うん、チョコレートケーキは、牛乳にも合う。

テティウスの皿がほぼ空になった頃――不意に軽やかな音楽が聞こえてきた。テティウスは、この曲を知っている。

これは、春の訪れを祝う曲だ。ちょうど、今の時期のような。

「うわあ!」

声をあげたのは、アクィラが先だったか、テティウスが先だったか。

そんなこと、どうでもよかった。気にならなかった。

目の前をひらひらと飛んできたのは蝶。ただし、普通の蝶ではない。その蝶は、驚くべきことに水でできていた。

水滴の一粒もこぼすことなくひらひらと、王族一家の周囲を飛び回る。

一匹、また、一匹と。あらたに蝶が加わる。

そして、その蝶はふわふわと漂っていくと、互いに身体をぶつけ合った。

今度はその蝶達が合体して、一羽の大きな鳩になる。鳩が羽ばたき、風が生まれた。

その風がテティウスの髪を揺らす。

「――消えた！」

（これが、魔術芸団――）

今まで、魔術のこんな使い方を目にしたことはなかった。

兄姉達は攻撃魔術や肉体強化の魔術を学んでいるけれど、いくら何でも魔術の勉強は早いと、テティウスは兄姉達の魔術の稽古を見学したことはなかった。

攻撃魔術が危険なことはわかっていたし、いずれ時期が来れば勉強することもあるのだからとおとなしくしていたけれど――。

魔術芸団の芸を見ていたら、何だかそわそわしてきた。

テティウスの目の前で、鳩は再び姿を変える。

一家のいる庭園の土が盛り上がったかと思うと、そこには立派な塔が瞬時にしてできていた。窓や扉まで作られているこだわりぶりだ。大きさは、本日の主役、双子達と同じぐらいだろうか。

いつの間にか蛇に姿を変えていた元鳩が、窓からするすると潜り込んでいく。

「おおおおおっ！」

子供達の声が、綺麗に揃った。

一瞬にして土で塔を作るなんて、素晴らしい腕の持ち主だ。きっと、兄にも姉にもそれは無理。

（……うん、こういう平和な魔術の使い方はいいな）

テティウスの目の前で、今度は塔が燃え上がった。

「きゃーっ！」

中にいる蛇はどうなってしまうのだろう。ヘスティアとユスティナは互いに手を取り合い、まじまじと燃え上がる塔を見つめている。

燃える塔から、炎が天を目指して突き上げる。その中から飛び出してきたのは、大きな鳥だ。今度は鳩ではない。真っ赤な翼を持つ炎の鳥フェニックス。

そして、音楽のクライマックスに合わせて、フェニックスは大きく翼を広げる。その背後に水の柱が立ち上り、フェニックスは溶けるように姿を消した。

舞い上がった水は、雨に姿を変えてきらきらと降り注ぐ。光に照らされ、虹を作った。

なんて美しいんだろう――感動しながら見ていたら、頭の中に何かが流れ込んでくる気がした。描かれているのは術式。

（……あれ？）

どうして、わかるのだろう。

どんな術式を脳裏に描けばいいのか、そしてそれをどんな風に活用すればいいのか。見ていただけなのにわかってしまった。

最初は、蝶。

「……こう、かな？」

右手をひらり。すると、テティウスの手元から水の蝶が羽ばたいた。だが、すぐに蝶は崩れてしまう。

「え？」

「テティ、あなたどうしてっ」

驚いたような声をあげたのは父。そして、慌ててテティウスに駆け寄ってきたのは母。

「どうしたの？　どうしてそんなことができるの？　――まさか、誰かにあやつられて」

「じぶんで、ちた」

自分でしたと言っても、母は信じてくれないようだ。

疑わしい目でテティウスを見ている。両手をテティウスの肩に置き、じっと目の奥を覗き込んできた。

「……そんなの、おかしいわ。だって、魔力の制御ができるようになるのは、普通はもう少し大きくなってからよ。どうしましょう、お医者様を呼んだ方が」

「いや、この場合は魔術師ではないか？　魔術師の塔に連絡を！」

母はうろたえ、父は、母の言葉に同意する。

誰か――と声をあげようとした時、不意にその場の空気が揺らいだ。

「国王陛下、王妃陛下、失礼とは存じますが、発言、よろしいでしょうか？」

「まあ、あなたは魔術芸団の……？」

かすかな風とともに、皆の前に姿を現したのは、観客に見えない位置から芸を披露していた魔術師だった。

「はい、わたくしは、魔術芸団『月の光』に客演として参加した魔術師ナビーシャでございます」

口を開いた女性は、十代後半から二十代前半というところに見えた。

すらりとした長身、こちらの世界ではあまり見かけない真っ黒の髪。

つり上がった金色の目は、どこか猫の目を思わせる。しなやかな身体の動きも猫を連想させるのに一役買っているのかもしれない。

黒いローブに身を包み、赤い宝石のついたワンドを持っていた。

「ええと、それで……何かしら？」

「テティウス殿下について、わたくしの推察をお話ししても？　わたくし、旅の魔術師として、大陸全土を回っておりましたの。いろいろと珍しい話も耳にしております」

「大陸全土――そんなにお若いのに？」

母が驚くのも当然だ。彼女はどれだけ年を重ねていたとしても二十代前半に見える。この広い大陸全土を回り、見識を深めるのにはあまりにも若すぎる。

だが、肩をすくめた彼女の次の発言でその疑問は解消された。

「わたくし、人ならざる者の血を引いておりますので……これでも、それなりに年は重ねておりますのよ」

「まあ、そうだったのね」

人ならざる者、と聞いて母も納得した様子だった。

この世界には、人間とは少し違う人種も生きているというのは、テティウスも知っていた。

たとえばエルフだったりドワーフだったり、別の大陸にはヴァンパイアが生息している国もあるという。海で暮らす人魚とかもそうだ。彼らのことを人間は「人ならざる者」と呼ぶ。そこには、優れた能力に対する尊敬の念や恐れの気持ちが込められている。

それらの人種は、人間よりも圧倒的な力を持ち、寿命も長い者が多い。人との間に子をなすこともできるため、時々、それらの血を引く者が現れるという。

そういった人達は、外見は普通の人間と変わらなかったとしても、親や先祖の能力を受け継ぎ長命だったり、優れた能力を持ったりしていることが多い。きっとナビーシャの魔術の腕も、親や先祖から受け継いだものなのだろう。

「魔術師殿。では、知っていることを教えてもらえるか？」

「かしこまりました、陛下。シルヴァリア王家の方は、魔術の才能に優れているとお聞きしております。ですが、その能力の発現はあくまでもある程度身体が育ってから――そうでございましょう？」

「ああ、そうだ。その分、年齢を重ねるのは他の人間より少しゆっくりになるな」

父の発言の意味がわからない。きょろきょろと視線を動かしたら、横からヘスティアが教えてくれた。

「魔力の多い者は、老化が遅くなる……と言われている」

ヘスティアが学んでいる錬金術の中には、永遠の美を求めるものもあるというから、そのあたりで教わった知識なのかもしれない。

（……ということは、父様と母様は長生きするってことだな）

両親が元気で長生きしてくれるというのなら嬉しい話だ。

それに、兄姉もきっと長生きだろう。

今回の人生では、親孝行の機会に恵まれそうである。やりたいことに親孝行も足しておこうと決めた。

「……遠い昔ですが、身体が成長する前に魔術を使った者がいると聞いたことがございます。その者は、大量の魔力を持つ魔術の天才で、成長が他の人間よりはるかに遅かった、とも。もしかしたら、テティウス殿下は、豊富な魔力と魔術の才能をお持ちなのかもしれません」

「……なんと」

「おそらく殿下は、わたくしの魔術を見ただけで解析されたのでしょう。きっと、楽しい遊びのつもりで」

魔術師がこちらを見る目に、何だか不思議なものを覚えた。どこかで会ったような既視感。でも、彼女とは会ったことがない。

今日が初対面のはずなのに、どうして彼女がこんなに気になるのだろう。

「まじゅちゅししゃん、ぼく、じょうずだった？」

「はい、とてもお上手でした」

出来栄えはどうかとたずねたら、彼女は美しい笑みを返してくれた。どうやら、先ほどの解析は間違っていなかったようだ。

「もちろん、わたくしは専門家ではありません。あくまでも、わたくしの考えでございます。魔術師の塔の魔術師に、きちんと診断してもらった方がよろしいでしょう」

「いや、ありがたい話だ。我々は、まったく思いもつかなかったからな。魔術師殿。感謝する」

「いえ、ではわたくしは失礼いたします。ヘスティア王女殿下、ユスティナ王女殿下、本日はまことにおめでとうございます」

「――わあ！」

ヘスティアとユスティナの目の前で、ひらりひらりと布が踊る。

そして、彼女達の膝の上に落ちた時には、それは愛らしいリボンの髪飾りになっていた。ヘスティアとユスティナの目の色と同じリボン。

「ありが――あら？」

ふたりが顔を上げた時には、もう魔術師は姿を消していた。両親も顔を見合わせている。

だが、魔術の能力に長けた者の中には、思いもよらない行動を取る者も多い。

そのことをシルヴァリウス家の人間はよく知っていた。両親は彼女を深追いすることなく、魔術芸団の団長に、彼女への感謝の気持ちを重ねて告げるにとどめておいたようだ。


翌日。

魔術師ナビーシャの言葉にしたがって、テティウスを診断するために魔術師の塔の長が王宮を訪れた。

「あれ、おにいさん……？」

訪れた魔術師の塔の長を見て、テティウスは思わず口からこぼした。

魔術師の塔の長なんて、長年の間研鑽をつまなければなれないだろうに、どう見ても二十代だ。

渋いワインレッドのローブを羽織った彼は、にっこりと微笑んだ。

「人ならざる者の血を引いておりますので。これでも、もう九十なのですよ、殿下」

「ふぇぇ」

九十歳なのに、二十代に見えるのか。昨日のナビーシャもそういえば、見た目より年を取っていると言っていた。

もしかしたら、テティウスの未来の姿なのかもしれない——なんて、話が飛びすぎてしまったか。

「さて、こちらに手を置いていただけますかな？」

「これでいーい？」

「はい、よろしいですよ」

テティウスと魔術師の塔の長が話し合っているのを、家族はじっと見つめていた。彼らの視線で、背中がむずむずする。

「……ふむ。たしかに、殿下の魔力は非常に多いですな。今の段階で、陛下と同じぐらいの量はあるでしょう」

「そんなにか？　そうなると、いつまでも成長しないということになってしまうのか？」

父ががたりと立ち上がった。

「えー」

いくら何でも、この大きさのまま数十年生きるとかはテティウスとしてもお断りしたいところなのであるが。

「いえ、人の身体は意外と順応するものです。殿下が、十になる頃には落ち着くと思います」

「じゅっしゃいかー」

いつまでも大人にならないのではないかと少しドキドキしてしまったが、十歳になる頃には落ち着くのならばまあいいか。

「それと、殿下は特殊な目をお持ちのようです」

「とくちゅなめ？」

「はい、非常に珍しく、記録に残っているのも一度だけです——神髄の目と記録されておりました」

魔術師の塔では、過去の記録なども保存している。その記録を魔術師総出で確認してくれたらしい。昨日の今日で確認してくれたというのだから、どれだけ大変だったことか。

魔術師の塔に保管されている膨大な記録を確認したところ、二百年ほど前にテティウスと同じ能力を持つ者がいたそうだ。

「殿下の才能は稀有《けう》なものです。ですが、同時に危険なものであるということも覚えておいてください」

「きけん？　あぶない？」

「はい。殿下さえいれば、おそらくすべての魔術を解析することができてしまいますから」

たしかに言われてみれば、とんでもない能力である。

術式が公開されていない術者のオリジナル魔術も、テティウスさえいれば解析できてしまうということだ。

（たぶん、昨日のあれも本当はよくなかったんだろうな……）

と、ちょっと反省。

あの蝶は、ナビーシャのオリジナル魔術のはず。今度会うことがあったら、ちゃんと謝っておこう。オリジナル魔術を勝手に解析するのは失礼だ。

「まだ早いのですが、殿下には、魔術の勉強を始めることをお勧めします」

「べんきょうちてもいい？」

前世には魔術は存在しなかったから、魔術を勉強できると思うとワクワクする。

「はい。当面は魔力の制御を学ばれた方がよろしいでしょう。成長の緩やかなお身体を、強化魔術で補うこともできますし」

「魔力の制御だけでいいのか？」

「はい、陛下。魔力の制御はすべての基本でございます。基礎理論はもう少し大きくなってからでよろしいでしょう」

「ぼくよんしゃいだよ？　きしょりろんもだいじょうぶよ？」

幼く見えるかもしれないが、まもなく五歳の誕生日である。勉強を始めてもいいのではないだろうか。

「まだ早いですな。もう少しお待ちくださいませ」

「むぅ……」

「テティ、そこは専門家の言う通りにしておこう」

父に言われて、しぶしぶうなずく。近いうちに、こっそり試してみようと思いながら。


あれから、三日。兄達が勉強をしている部屋で、テティウスは絵本を読んでいた。

魔術の基本についてわかりやすく書かれた絵本だ。もう少し、難しいものでも読めるのだが渡してもらえなかった。

「見ただけで魔術ができるって羨ましいなあ」

テーブルにノートを広げ、うんうんと唸《うな》っていたアクィラは、ふぅとため息をついてテーブルにつっぷした。

「アキにいさま、おべんきょうはだいじ」

「……知ってる」

「テティに諭されてどうするんだ。ほら、僕も手伝ってやるから」

身体を動かす方が得意と言いきるだけあり、アクィラは毎日宿題にとても時間をかけてしまっている。

面倒見のいいゼファルスは、公務がなくて王宮にいる時、アクィラの宿題を手伝ってやっていることも多い。

　ゼファルスとアクィラが額を付き合わせて宿題を始めたのを見て、テティウスは絵本を棚に置いてから部屋を出た。

「つまんない、なぁ……」

　何しろ、テティウスはまだ四歳。

　午前中に魔力の制御について練習する時間をとるだけで、あとは基本的に自由なのである。

　庭園に遊びに行こうと外に出た。

　テティウスが庭園内をうろうろしている時、侍女や護衛の騎士は少し離れたところからついてくる。

　もう少し自由にさせてもらえたら、こっそり魔術を使ってみるのに。花壇の花の香りをかぎ、名前のわからない木の実を拾う。部屋に戻ったら、図鑑で調べてみよう。

　こうやって、身体を動かしているだけで楽しくなってくる。もう少しで、馬を飼っている場所まで行ける——というところで、細い声が聞こえてきた。

「みぃみぃ」

「あ、ねこ」

　馬場の柵の側、小さな猫がいる。テティウスを見て細い声をあげた猫の姿に、記憶が刺激された。

（あの時の猫を思い出すなぁ……）

雨に濡れ、毛がぺったり張り付いた小さな黒猫。

手にすくい上げたところで、歩道橋にクレーンを積んだトラックが激突した。なるべく身体を丸めたつもりだったけれど、あの猫は無事だっただろうか。

革靴にかけられた細い前足。スーツのズボンにこすりつけられた小さな頭を思い出す。

「……おいで」

しゃがみ込み、手のひらを上にして差し出してみた。

動物には優しくしなければいけないというのを知っている。テティウスが手を差し出すと、猫は用心深くこちらに近づいてきた。

（こんなところに、翼猫かぁ……）

よく見たら、ただの猫ではなく、背中に翼がついた翼猫だった。

翼猫は魔物の一種なのだが、賢くて人懐っこい。貴族の中にはペットとして翼猫を飼育している者もいるのだとか。

優秀な翼猫ともなると、主を守る護衛の役を果たすこともあるらしい。それはもちろん、翼猫とどこまでの信頼関係を築いているかによって決まるわけではあるが。

（テイムっていうのもカッコイイよなー）

今の時代には、そんな能力を持つ者はいないけれど、昔はドラゴンをテイムできた人もいたそうだ。ドラゴンの背にまたがった彼は無敵。竜騎士の名で呼ばれたというのは、おとぎ話の本に書かれていたこと。

テイムも魔術の一種だというのは、兄や姉達の話から知っている。テティウスの能力でテイムの魔術を解析することができたら、そのうちテイムもできるかもしれない。

なんて考えながら、冗談半分で口にしてみた。

「おいで、ぼくとけいやくする？」

『するわ！』

冗談半分だったのに、頭の中に声が響いてきた。

『契約してあげる。アタシの名前は、ナビーシャ・ビビエッタ・コレリー。よくて？』

「う、うん……？」

何でだろう。テティウスの知っているテイムとは明らかに違う。

いきなり自分から押しかけてきた翼猫は、みずから名前を名乗った。

（……ん？）

そこで初めて気が付いた。

ナビーシャ・ビビエッタ・コレリー。同じ名前を持つ人間に会ったこと、なかっただろうか。

『ちょっと、ちょっと、契約するのしないの？　アタシはそんなに安い女じゃないのよ。契約しないのならもう行くから！』

「する、するよ！　ええと、ナビーシャ・ビビエッタ・コレリー。ぼくのけいやくじゅうになって」

『契約を受け入れるわ！』

頭の中に再び声が響く。

（……繋がった）

ナビーシャとの間に、一本の繋がりができた。この繋がりの間には、誰も入ることができない。そんな気がする。

「アタシが、あなたの人生の道案内をするわ。よろしくね、ご主人様」

「うん……よろしく……？」

返事はしたものの、テティウスは困惑していた。

テイムって、こういう風にするものだった？

主が名をつけて初めて契約するものではなかっただろうか。魔物の方から名乗るなんて、聞いたこともない。

けれど、ピョンと飛び上がったナビーシャが、テティウスの腕の中に飛び込んできたのは事実。ふたりの間には、もうたしかな絆が結ばれていた。

第二章　契約獣のナビ子さん

夕食後、王家の居間には家族全員集まっていた。

「それで、テティ。その翼猫はどうしたのかな？」

父が、困ったような顔でテティウスを見ている。テティウスの膝の上には、ナビーシャが丸くなっていた。長い尾をゆらゆらと揺らしている。

「とうさま、ぼく、テイムしたの」

「テイムしたって……テティ、普通はそう簡単にできるものではないんだよ」

「だって、できたもん」

テティウスは膨れた。

本で読んだテイムとは違うが、ナビーシャとは確実に絆ができている。契約できているのに違いない。

「猫ちゃぁん……」

「可愛いぃぃぃ……」

ヘスティアとユスティナは、ふたり並んでナビーシャを見つめていた。じっと見つめ、手を伸ばし、そしてその手をひっこめる。その間も視線は逸らさない。

「ねえさまたち、だめ。ぼくのだから」

「だがなあ、本当にテイムできているのかどうか。その確認が終わるまではだめ――」

今までゆらゆらと揺らされていた長い尾が、父の言葉にぶわぁっと膨れてぴんと立った。

「……アタシが、テティとなら契約してもいいって思ったの。文句ある？」

「しゃべった！」

ユスティナとヘスティアの声が綺麗に揃った。普通の翼猫はしゃべらない。驚愕の視線がナビーシャに突き刺さる。

「父上！　こいつは、危険な魔物だっ！　ユス、ヘス、離れろっ！」

真っ先に剣を抜いたのはアクィラだった。ゼファルスが双子の首根っこを掴《つか》んで、部屋の端まで一気に飛びのく。反射神経がすごい。

「ナビ子しゃんはわるくないもん！」

「ちょっと、その呼び方はやめてって言ったでしょ！」

ナビーシャ・ビビエッタ・コレリー。ナビーシャが自分でつけた名前だと言うが、普段使うには長い。

テティウスの舌では、「ナビシャ・ビエッタ・コエリー」になってしまうことも多々あるため、「ナビ子」さんと呼ぶことにしたのだ。

人生の道案内をしてくれるらしいし、ちょうどいいと思ったのだが、ナビーシャは気に入らないらしい。

「アタシ、ナビーシャ・ビビエッタ・コレリー。テティウスにテイムされた翼猫――っていうことにしておいてくれる？」

「アクィラ、剣を下ろせ。ゼファルス、双子を元の位置に戻してやれ――それで、ナビーシャとやら。『しておく』と言うのはどういう意味だ？」

父は、言葉が通じるのであれば話を聞こうと思ったらしい。

母も、ナビーシャをすぐに追い払うつもりはないようだった。魔物相手でもきちんと対応するあたり、肝が据わっていると言えばいいのだろうか。

「テティが普通ではないのは、アンタ達も薄々気づいてるでしょ」

ナビーシャの言葉に、家族がうんうんとうなずく。

たしかにテティウスの才能は、他ではなかなか見られない。魔力の豊富なシルヴァリウス家の者としても、けた外れの魔力量とか魔術を解析する能力とか。

「テティはいろいろあって、女神様に特別に愛されているの。寵愛されていると言ってもいいかもしれないわね」

「……寵愛」

ゼファルスが、小さくつぶやく。

そして、彼はテティウスを引き寄せた。一番のお兄ちゃんとして、弟を守らねばという使命感にかられたらしい。

（いや、特別に愛されてるわけじゃ）

と、心の中で突っ込んだ。

テティウスがこちらの世界に転生したのは特別に愛されているからじゃなくて、神様の設定ミスのお詫びである。

『おだまり！　設定ミスのお詫びなんて言ったら、他の人が気にしちゃうでしょうが！』

（──聞こえてた！）

ナビーシャの声が、頭の中に直接響く。

ちょっと思っただけなのに、突っ込んでくるのはいかがなものか。テティウスが恨んでいるなんてことは一切ないのに。

「それで、アタシがここに来たってわけ。アタシはただの翼猫じゃない。女神様からテティウスを守り導く役目を与えられた存在と思ってちょうだい」

「それは、神獣と解釈して構わないのかしら？」

母が口にしたのは、神話に登場する獣のことである。

神より、魔物から人々を守るよう命じられた獣──白いオオカミだったとも、巨大な獅子だったとも伝えられている──は、特に神に愛された人間と行動を共にし、人々の生活を豊かにするのに力を貸してくれたそうだ。

あの神様に頼まれてテティウスの面倒を見に来たというのなら、たしかに神獣と言えるのかもしれない。

「いいわよ？　アタシも女神様からいろいろな力を授かっているのは事実ですからね」

「……なるほど」

家族も、ナビーシャの説明で納得してくれたらしい。そろっと兄が手を上げた。

「以前、同じ名前の魔術師が来たことがあったのですが……」

「ああ、あれ？　あれはアタシ。いつも変身できるわけじゃなくて、あの時は、女神様のお力を借りたのだけど。契約する前に、近くでテティを見てみたいと思ったのよ」

以前、テティウスの魔力について教えてくれた旅の魔術師は、姿を変えたナビーシャだった。

（サービス満点すぎじゃないか、神様……）

『それだけアンタに申し訳ないって思ってるということよ』

（だから、心の声に突っ込むのはやめて）

ナビーシャがこちらを見て、尾をゆらゆらと揺らす。

「それでは、神獣様……」

「あ、そういうのいいから。ナビーシャと呼んで。今のアタシは、テティの契約獣ですからね」

「……ねえ、ナビ子しゃん」

「ちょっと、その呼び方やめてって言ってるでしょ！」

「ナビ……ナビシャ・ビッタ・コエリー」

「言えてないし！」

（舌が回らないんだからしかたないだろ！　契約の時言えたのが奇跡だよ！）

ナビーシャ・ビビエッタ・コレリーなんて、どこから引っ張ってきた名前なのだろう。

聞いてもいいのだろうかと思いつつ聞くのはやめた。ナビーシャも心の声に突っ込んでこないから、言うつもりはないのだろう。

「……では、ナビーシャ、君の役目はテティの守りということでいいのか？」

「子守も任せてくれていいわよ？」

（子守なんかいらないし！）

『おだまりなさい！』

父の前では、穏やかな声音なのに、何で心の声はこんなに強いのか。

というか、そもそもナビーシャにおだまりなんて言われなければならないいわれは、テティウスの方にはないと思うのだが。

「なあなあ、ナビ子さん」

「ナビ子さんじゃないのに……！」

アクィラにまでナビ子さん呼ばわりされて、ナビーシャは尾をくるりと巻いて伏せてしまった。背中の翼もしゅんと垂れさがっている。

「撫でてもいい？」

「……好きにすれば？」

ナビーシャは、テティウスの膝の上で完璧にすねている。アクィラは、ナビーシャをさっと自分の膝の上に移動させた。

「うわ、すごいふわっふわのつやっつや……」

「そうでしょうそうでしょう。きちんとお手入れしているもの」

どちらかと言えば荒っぽい言動が多いのに、アクィラのナビーシャを撫でる手はとても優しかった。なめらかな背中を撫で、耳の後ろをかき、そして喉元をくすぐる。

グルグル……という音が、喉から鳴り始めた。ナビーシャは目を閉じて、うっとりとアクィラに身をゆだねている。それからはっとしたように目を開いた。

「……いけない、アタシはテティのお守り……こんなところで普通の猫みたいに喉を鳴らしている場合じゃ……ぐっ……」

アクィラの手は休むことを知らず、喉をくすぐり続ける。いったん離れようとしたナビーシャだったけれど、アクィラの手にはかなわないみたいだった。

しまいには、アクィラの膝の上で仰向けになって腹を見せてしまう。そこにもまたアクィラの手が伸びた。

「可愛い……！」

「アキ兄様、私も撫でたい。きっと、ヘスも撫でたいと思うの」

双子はうっとりとその様子を見守り、満足するまで撫でたアクィラと交代して再び撫で始める。両親もその様子を微笑《ほほえ》ましそうに見ているが、ゼファルスだけはまだ心配なようだ。

「……本当に、危険じゃないのかな?」

「だいじょーぶ。ナビ子しゃん、いいまもにょ」

「翼猫なら、たいした力はないんだけどな……」

こうして、新たな仲間として神獣のナビーシャ・ビビエッタ・コレリー——通称ナビ子さん——が、シルヴァリウス家に加わったのだった。

＊＊＊

いつの間にか、季節は夏に移り変わろうとしていた。

他人の魔術の解析はやろうと思えばできるが、なかなかに面倒だというのも気づいてしまった。きちんと勉強した方がよさそうだ。

「あちゅいね」

しかし、暑い。

一応、魔道具によるエアコンのようなものは存在している。

ユスティナとヘスティアが課題の一環として作る程度には、それは一般に広まっている。だが、前世のクーラーとは違って、そこまで強力に部屋を冷やすことはできないのだ。

（……そうだ）

この世界、アイスクリームは存在する。氷を砕いたフラッペも存在している。だが、薄く削ったかき氷は、まだ見たことがなかった。

テティウスはひょいと椅子から飛び降りた。だらりと伸びていたナビーシャが首だけ捻じ曲げてこちらを見上げる。

「どうしたの？」

「ねえさまたちに、かきごおりきを、ちゅくってもらおうとおもって」

「いいわね。設計図、出してあげましょうか？　氷を削る部分だけわかれば、あとはあの子達が自力でどうにかするでしょ」

「だせるの？」

「アタシを誰だと思ってるの？　アンタの前世の知識もちゃーんと勉強してから来たんですからね！」

女神様、手厚すぎではないだろうか。

ナビーシャは、この世界について詳しいだけではなかった。どうやって身につけたのか、前世の知識も持っている。

ナビーシャが「アクセスできる情報」であれば、こちらの世界に持ってくることもできるらしい。以前ためしてみたのだが、人の生死に関わる情報は出せないようだ。爆弾の作り方とかき氷器程度なら、渡しても構わない情報ということなのだろう。

ユスティナとヘスティアは、魔力を魔術として行使するより、錬金術や魔道具作りに活用する方を好んでいる。

週に二回、錬金術師と魔道具師が来て、それぞれ錬金術と魔道具作りを学んでいるところだ。双子で協力し合って、侍女達——錬金術の心得がある者と魔道具師として活動していた経験を持つ者のふたり——の協力も得ながら課題をこなしているそうだ。

「ユスねえさま、ヘスねえさま！」

「どうしたの？」

ふたりは同じ部屋を使っているから、テティウスはまっすぐにそこに向かった。

ふたりとも床の敷物の上で、大きなクッションに寄りかかりながら、それぞれ本を読んでいるところだった。そして、この部屋も暑い。

「まどーぐがほしい、ですっ」

テティウスの発言に、ふたりとも目をきらりとさせた。可愛い末っ子の願いである。

どちらもずいずいと身を乗り出し、話を持ってきたテティウスの方が、一瞬引いてしまうほどの勢いだった。

「何が欲しい？」

ヘスティアが最初に口を開く。

「ずるいわヘス、私だってテティと話をしたいのに」

と、ユスティナは唇を尖らせる。

「あのね、こおりをけずりたい！」

いきなりの発言に、ふたりとも首をかしげてしまった。

テティウスはゆっくりと言葉を選びながら話をする。舌は回っていないが、ゆっくりならば大丈夫。

「テティは、ふわふわに削った氷が欲しい？」

「氷の魔石で氷を出して、それを削ってシロップをかける……のかしら。ヘス、わかる？」

まだ、ナビーシャに頼んだ設計図は出さない。姉達がどんな風に考えるかを見ておきたいのだ。

「氷の魔石は私が作る。ユスは氷を削る部分を考えて」

「わかったわ！」

こうなるとふたりは自分達の作業に没頭し始める。

魔石を探しに行くヘスティアに、うんうん唸りながら紙に設計前のメモを描き始めるユスティナ。

「ユスねえさま、よろしくおねがいしましゅ」

一瞬顔を上げたユスティナは、こちらにひらひらと手だけ振る。もう、テティウスのことはすっかり頭から追い払ってしまったみたいだった。

「それなら、ここに設計図のヒントを置いておくわね？　紙を一枚もらうわよ」

机に置かれていた紙を一枚、自分の方へと引き寄せるナビーシャ。そして、そこにぺたりと前足を置いた。

とたん、紙の上に図面のようなものが姿を見せる。全部ではなく、ヒントになる部分だけ。

ユスティナは、迷うことなくそれをひったくった。

「む、これなら何とかなるかしら。ああでも、氷の大きさはどのぐらいがいいのかしら。ねえ、ヘス、どのぐらいの大きさの魔石――あ、そうか。今はいないのだったわ」

ぶつぶつと言い始めた彼女は、もうテティウス達のことは見ていない。

そっとその場を離れるしかなかった。

「ナビ子しゃん、おさんぽにいこう」

「そうね。アンタはもうちょっと身体を動かさないとね」

とてとてと歩いていく幼児の後ろに、ゆらゆらと長い尾を揺らしながらついていく黒い翼猫。

王宮の皆も、もうこの光景を見慣れている。

「しっかし、アンタのそのしゃべり方おかしいわよねー。どうにかならないの？」

「ちかたない。した、まわらないもん」

幼児の舌が、こんなにも回らないものだとは思ってもいなかった。きちんと話をしているつもりなのに、どうしたって赤ちゃん言葉になってしまう。

（ナビ子さんとはこうやって話す方が速いしさぁ……）

『まあね、アタシもその方が速いと思うわ』

たぶん、これが人間だったら肩をすくめているのだろうなとナビーシャの声音から判断する。

ナビーシャが護衛についているということもあり、以前よりテティウスの行動範囲は広がった。

もちろん、少し離れたところから護衛の騎士がついてきているけれど、気にしなければならないほどのことでもない。

『あ、そうだ。収納魔術を使えるようになっておきなさいよ。いろいろなものが入るから便利よ？』

（収納魔術？）

ナビーシャの説明によれば、収納魔術とは、この世界とは違う空間に自分だけの空間を作ることのできる魔術らしい。

収納魔術に収納されている間は、中身が変質することはない。熟練の者は生き物を入れることもできるというが、初心者には無理だそうだ。

使ううちに成長していくと聞いてテティウスは目を輝かせた。

（いいな、それ。覚えたい！）

『じゃあ、教えてあげる。というか、アンタはもう覚えてるけどね。アタシは、それを思い出させるお手伝いをするだけ』

テティウスを花壇の縁に座らせたナビーシャは、膝の上に飛び乗ってきた。背伸びをして、額に前足を当ててくる。

「わわわわっ」

とたん、頭の中を何かが走り抜けた。思わず声をあげてしまう。

『ほら、思い出せたでしょ？』

「おー」

ナビーシャは心の声で話しかけてきたけれど、テティウスはまじまじと自分の両手を見つめていた。きょろきょろと見回し、落ちていた木の実を拾い上げる。

（収納！）

手の中にあった木の実を入れるところを想像してみた。とたん、手の中から消える。

「ナビ子しゃん、きえた！」

「ふふん、取り出してみれば？」

「うん」

取り出すのも難しい話ではなかった。今、しまったばかりの木の実が再び手の中に現れる。

「しゅごい！　しゅごいしゅごいしゅごい！」

以前、「魔術師ナビーシャ」の魔術を勝手に解析したことがあったけれど、これはちゃんと教わった魔術だ。

何度も出し入れを繰り返していると、夢中になっている様子がおかしかったらしく、ナビーシャは笑った。

（これなら、冒険者になるのも悪くないかもね。必要なもの全部入れればいいんだから）

『アンタがそうしたいのなら、王様も王妃様も止めないと思うわ』

（ゆっくり考えるよ。さすがに、今のままじゃ冒険者になるのは無理なことぐらいわかってる）

収納魔術を持っていれば、野営に必要な品も全部持ち歩ける。冒険者になるのも悪くないかも、なんて考えてしまった。

「さて、それじゃ王様のとこに行きましょ。収納魔術は、使えば使うだけ育つんですからね」

「うん」

父のところに行って、何を言い出すのかと思えば、ナビーシャはとんでもないことを口にした。

「テティの収納魔術に、食べ物とか飲み物を入れておきたいんだけど、もらっていいかしら？」

「ナビ子さん、それはどういうことだ？　テティは魔術を使えない――」

父も、ナビーシャのことをナビ子さんと呼ぶようになった。シルヴァリア王家では、もうナビ子さんで定着である。

「使えるわよ。元々収納魔術は使えるの。アタシが使い方を思い出させただけ。食べ物とか厨房からもらいたいんだけど」

「それは構わんが……なぜ、食べ物を？」

「テティの能力を考えてみて。誰かがテティを欲しがって誘拐するかもしれないでしょう？アタシが守るけど……備えあれば患《うれ》いなしって言うじゃない。他にも必要そうなものを見繕って適当に入れておくわ」

父が眉間に皺《しわ》を寄せる。

父が仕事をしている机に飛び乗ったナビーシャは尾の先を丸くして、父の腕を叩いた。

「この国は平和だけれど、何があるかわからないでしょう？　せっかくテティが収納魔術を持ってるんだから、いざって時の食料を入れておくぐらいいいと思うのよ。急に家族で避難しないといけなくなることだってあるかもしれないじゃない」

「……劣化もしないしな。たしかに、何があるかわからん。騎士団に相談して、野営の道具を入れるというのはどうだ？」

「あら、いいわね。テントと人数分の寝袋ぐらいは入れておこうかしら」

ナビーシャの言葉に、父も真面目な顔になった。野営って、幼児に何をさせるつもりなのだ。

「……やえいはちないよ？」

「何かあった時のためって言ってるでしょ。それに、冒険者になるのも悪くないって言ってたじゃない」

言った。それはたしかに言ったけれども！

ここは、剣と魔法のファンタジーワールド。

王宮の外だって見てみたいと言った記憶はあるけれど、いきなり野営の道具を持たせるってどういう了見だ。

それはともかく、こうしてテティウスの収納魔術には当面の課題として、食材や調味料、それに鉄板や寝袋などが収納されることになったのだった。

＊　＊　＊

ユスティナとヘスティアに開発を依頼していたかき氷器ができたのは、そんな会話があってから十日ほどが経過したあとのことだった。

「すっごく大変だった！」

「ふわふわにできる刃の開発が大変だったわ。ナビ子さんのくれたヒントがなかったら、もっと時間がかかってしまったかも。ヘスも、氷の魔石の精度を上げるのに苦労したのよね。今回は、本当に大変だったわ」

　ふたりとも、自分達がどれだけ苦労したのかをえんえんと語っている。

　ふわふわの氷を作るためには、氷を薄く削ることのできる刃を作らねばならない。刃もまた錬金術で作ったそうだ。

「でも、これでテティの言っていたかき氷になるかしら……？　できなかったら、設計から見直しね」

　ユスティナがそっとガラスの器をセットする。

「削ってみろよ！」

　アクィラの言葉に、ヘスティアはかき氷器のスイッチを入れた。ヴィーンと小さな音がしてあっという間に山盛りの氷が出来上がる。

　それは、この世界では、今まで見たことがないほどふわふわとしている氷だった。

「ユス、ヘス、ふたりともすごいね……」

「削る器械は既存の応用だからそれほど大変でもなかったのよ。ナビ子さんもヒントをくれたし」

　しみじみと感心しているゼファルスに、ユスティナは胸を張って見せた。

「早く食べようぜ！　俺、イチゴ！」

　かき氷にかけるシロップはどうしようかと思っていたら、果物を漬け込んだシロップが、厨房には何瓶も保管されているそうだ。お菓子を作る時に使うらしい。

イチゴをつけこんだシロップをかけて、イチゴジャムをトッピング。

「いただきまーす……うまっ……めちゃくちゃうまい……！　俺、アイスクリームより好きかも！」

「今までのフラッペとは食感が違うんだね――うーん、美味しい」

真っ先にアクィラはかき氷に食いつき、ゼファルスは一口一口しみじみと味わいながら食べている。こういうところにも兄弟の性格の違いが出ている。

ゼファルスの言うフラッペは、かき氷ではなく細かく砕いた氷にシロップをかけたものだ。一緒にアイスクリームが盛りつけられることもある。

「溶けるわ！」

「本当、すぐに溶けてしまうわ！　氷をもう少し厚くしたらいいのかしら」

ヘスティアは柔らかな食感に感動し、ユスティナは考え込み始めた。もしかしたら、口の中で溶けるふわふわかき氷より、口内で冷たい感触を楽しみたいのかもしれない。

「うまーい、とまらな……いたあああああっ！」

止まらずにかき氷をがつがつ食べていたアクィラが、こめかみに手をやった。キーンという痛みが走ったのだろう。

「アキにいさま、いっきにたべるからそうなる」

「だって、止まらなかった……おおおおおぅっ！」

小さなスプーンで少しずつ食べていたテティウスは、アクィラにしらっとした目を向けた。育ち盛りだから仕方ないかもしれないが、一気にがっつきすぎである。

「次はフラッペにする」

「そうね、フラッペも美味しいわよね。果物を凍らせて一緒に削ったらどうなるかしら」

銀のスプーンでイチゴジャムをすくいながら、ヘスティアとユスティナは顔を見合わせてうんうんとうなずいている。

（……うん、大成功だ）

フラッペもアイスクリームも好きだが、それ以上にふわふわのかき氷が懐かしかった。

天然の氷を使うと頭痛がおきにくいなんて聞いたこともあったけれど、あれは事実だったのだろうか。

今となっては確かめる術もない——いや、天然の氷をお取り寄せすればいけるだろうか。

『すっかり贅沢になっちゃって。ところでそれ、アタシも欲しいんだけど』

（ちょっと思っただけだろー！）

ナビーシャの前にも、小さな器を用意し、そこに少しだけかき氷をのせてやる。イチゴのシロップとジャムも忘れずに。

「あまーい、つめたーい、うん、美味しいわねっ！」

「ナビ子さん、甘いの食べて大丈夫なの？」

ゼファルスがナビーシャを気遣う。

「だから、その呼び方はやめてって……」

テティウスがナビ子さんと呼ぶから、兄妹の間ではすっかりそれが定着してしまった。ナビーシャは本名で呼ばれたいらしいけれど、やっぱり長すぎると思うのだ。

「うん、おいしかった。ヘス、ユス、素敵なおやつをありがとう」

最初にかき氷を食べ終えたのは、ゼファルスだった。

にっこりと微笑んで、ヘスティアとユスティナにお礼を言うゼファルスは、まさしく王子様。この品格は、一日二日で身につくものではない。

(俺もいつかはああなれるかな)

『精進しなさいな』

ぺろぺろと皿に残ったシロップを舐めているから、ナビーシャもかき氷は気に入ってくれたみたいだ。

「お礼はテティに言って、ゼフ兄様」

「そうそう、テティが考えたんだもの」

「ありがとう、テティ」

「あい」

おやつの時間が終わったら、ゼファルスは公務に赴《おもむ》くらしい。まだ十二歳なのに、王太子殿下は忙しい。

アクィラは一気に食べすぎて、休憩を挟んでいたため、また食べている途中。

食べては頭をキーンとさせて痛い痛いと言っていたので、進みが遅いのである。

「うん、うまかった。テティ、なかなかやるな！」

「でしょー！」

食べ終えたアクィラが拳をこちらにつきつけてきたので、テティウスも拳を作ってお返しをする。

かつんと拳を打ち合わせたら、アクィラは剣の稽古に行ってしまった。定められている日課の稽古はもう終わってしまったのだが、時間があれば騎士達と剣を振るのが趣味らしい。

「次は何を作ろうかしら、ヘス、何がいいと思う？」

「思いつかない……」

ヘスティアとユスティナは食べ終えた器を放り出して、次に作る魔道具の話。錬金術師と魔道具師がそろっているから、その場で相談できて手っ取り早いらしい。

「テティは、何かある？」

「ぼくはないかな……」

魔道具はそれなりに揃っているし、今のところ生活に大きな不便を感じたことはないのだ。

たしかに前世のような娯楽は存在しないけれど、今はそれ以上に魔術の探求が楽しい。

魔術師の教師を呼んでの正式な勉強はまだだけれど、ナビーシャからいろいろ教わっているというのもある。

「私も、思いつかないわ……面白い魔道具を思いつけるのも、魔道具師の才能だものね……」

今のところ、テティウスには双子達の手伝いはできそうにない。

（何か思いついたら、言ってみよう）

頭を悩ませている姉達を見ながら、ようやく自分の分のかき氷を食べ終える。テティウスのかき氷はすっかり溶けてしまっていた。

「ごちそーさまでした」

器に残ったシロップも綺麗に飲み終えて終了。ぴょんと椅子から飛び降りた。

さて、今日はこれから何をしようか。

＊　＊　＊

白い光となって消えた優人を見送り、女神アスタナはため息をついた。

「優人さんが、いい人でよかったー！　普通なら『俺の人生返せ』とか言われちゃうところだったわ！　まあ、ご自分の家族が幸せならそれでいいって……うん、あのぐらい特典をつけちゃっても問題ないわよねっ！」

「……みぃ」

「……みぃ？　って、ええええ？」

足元にうずくまっているのは、雨に濡れた子猫であった。

頭の中で、優人の事故現場を思い返す。

「――優人さんについてきちゃった⁉」

「みぃみぃ」

てしてしと、アスタナの足を叩いて子猫は懸命に訴える。ぶるるっと身体を震わせると、冷たい水が飛び散った。

「うーん、わからなくはないけど！　あなたの言いたいこともわからなくはないけど！」

ここに来るのは優人だけだったはずが、一緒に事故に遭った子猫まで来てしまったらしい。

まだ死ぬ予定じゃなかったと、懸命に訴えかけられる。

「あーあーあー、どうしようどうしよう！」

この子猫、まだ寿命が残っていた。優人に拾われなくても、翌朝には無事に歩道橋から降りて、猫好きの人に保護されるはずだった。優人の不幸に巻き込まれたのはこの猫の方である。

「やらかした、やらかした、やらかしたわぁ！　お父様に叱られる、どうしましょう……！」

アスタナの父は、いくつもの世界を創世している神である。アスタナの創造主でもあった。

優人の運の悪さにしても、アスタナのやらかしである。

実のところ、優人ほどのやらかしはめったにないけれど、ちょこちょことしたやらかしは今までにいくつもあって、次にやったらお仕置きだと宣告されていた。

優人の件については、ミスが大きすぎると叱られたのである。これで、まだ寿命が残っている子猫をここに連れてきてしまったことが知られたなら。

「どうしよう……」

つんつん、とまた足を叩かれる。アスタナは子猫を見下ろした。

「え、あの人のところに行きたい？」

子猫は、アスタナの言葉にうなずいた。優人のところに行きたいらしい。

「恩返しって……そうね、恩返しは大事よねっ！」

子猫が巻き込まれてしまったのは、アスタナのせいではあるけれど。

優人への恩返しをしたいという理由をつけるのであれば、この猫も転生させられる。

「そうね、あなたがどうしても恩返しがしたいって言うんだものね！　それならしかたないわ。そうしましょうそうしましょう……え？」

子猫から伝わってくるのは、優人の役に立ちたいという思い。

「うーん、できなくはないんだけど」

今、優人を転生させたばかりである。すぐに子猫にあとを追わせるわけにもいかない。

「そうね、もうちょっと待って……ええ、ちょっとでいいから」

「みぃ」

「あなたにいろいろなことを覚えてもらわないといけないからね！　あなたの身体も作り替えないといけないし」

子猫は不満そうにアスタナの足に爪を立てる。

「いたたたたっ、だからちょっと待ってくれればいいんだってば！　ワタクシ、神！　女神様！　ちゃんとするから！」

こうして、捨てられていた子猫と女神の間にも契約が成立したのであった。そして、優人はそのことは知らない。

第三章　幼児、やらかす

王宮の庭は丹念に手入れされていて、テティウスの小さな足でも歩きやすい。体力をつけるのも大事なことだから、頑張って毎日歩くようにしている。

ナビーシャとふたりで歩きたい気分だったので、護衛の騎士達には少し離れてもらった。ここは王宮内なので、少しぐらい離れても問題はない。

「おはな、きれーね」

「アタシの方が綺麗だもん」

「ナビ子しゃんもきれい」

それは、お世辞ではなかった。すらりとした肢体に、艶々とした毛並み。ナビーシャの気分次第でピンと伸ばされたり丸まったりする尾に、黒い翼。

つり上がった金色の目も、彼女らしいとテティウスは思う。

誉められたナビーシャはますます尾をピンと立てた。本人は隠しているつもりのようだが、実はけっこうわかりやすい。鼻歌交じりにテティウスは歩く。

「ふんふんふーん。あ、にわしのおじさん」

「おや、殿下。どうなさいました？」

「おはな、くだしゃい。あっちにいく」

「かしこまりました」

テティウスが指で示した方向を見て、庭師は花を求められた理由を理解した。

王宮の奥には、祠《ほこら》があるのだ。そこに祀られているのは、テティウスをこの世界に転生させてくれた創世の女神アスタナである。

優人の人生に大量の不幸を呼びこんでしまったドジッ子女神様ではあるが、今の人生を与えてくれた恩人でもある。

（……次に会う時は別の姿がいいなあ）

『どうかしら。意外とあの姿気に入っているみたいだし』

（……ぐぅ）

たしかに、好きなタイプではあったが、元彼女とそっくりの顔というのはいろいろやりにくい。

「殿下、お花はこちらでよろしいですか？」

「ありがとぉ」

「どういたしまして。お気をつけて」

夏の青空に似合うヒマワリを切ってもらい、それを抱えて王宮の奥にある祠へと向かう。

ここは、王宮で暮らしている人々——王族だけではなく住み込みの使用人や騎士も含めて――がお参りするために設けられた場所だ。

毎日神殿にお参りに行ければいいけれど、それもなかなか難しいからと三代前の国王の時代に用意されたものらしい。

（女神様、俺をこの世界に転生させてくださってありがとうございます。ちょっと大変なこともあるけれど、俺は元気にやっています）

テティウスは両手を組み合わせて、祈りを捧げる。

ヒマワリの花に飾られた女神の像はテティウスの知っている神様とはまるで違う姿だった。この姿で出てきてくれてもいいのに。

『聞いてくれるかどうかはわからないけれど、一応伝えておくわね』

（できれば、でいいけどね）

女神アスタナにお礼のお祈りをしてから祠をあとにした。

少し離れたところに、護衛の騎士がいる。そちらにぶんぶんと手を振ったら、彼らは小さく手を振り返してきた。

「殿下、どうなさいました？」

「おへやにかえりゅ」

「承知いたしました。失礼ながら、抱き上げた方がよろしいですか？」

「んーん。ぼくありゅく」

「かしこまりました。では、お供いたします」

王宮で働く護衛の騎士は、王族を守れる剣術の腕に、とっさの時に適切な判断を下せる判断力、どう動けばいいのか考えられる頭脳に、大人ひとり抱えて走ることのできる体力が求められるらしい。

なかなかハードルの高い選考基準だと思うのだが、それでも王族に仕えたいと入団試験がある時には多くの参加者が現れるそうだ。

今度はテティウスのすぐ前と後ろを騎士が固める。ナビーシャはテティウスの隣だ。三人と一頭が連なって歩く。

護衛の騎士達は、テティウスが近くにいてもいいと思った時には近くで警護してくれるし、少しひとりになりたい時には離れてくれる。大変な仕事だろうなと思いながらも、彼らの心配が嬉しい。

「あれ……このドアなーに？」

今まで気が付かなかったけれど、庭園を囲む塀に、木製の扉がつけられているのに気が付いた。

「それは近道ですね。南の庭園に出ることができます」

「あけてもいーい？」

とても広大なので、普段は意識しないのだが、庭園はいくつかの区域に区切られている。近道のための扉だったらしい。

「私が開けましょうか？」

「ううん、ぼくあけりゅ」

護衛の騎士が開けてくれるというのを断り、ドアノブに手を伸ばす。

まだ力がないので、木製の扉を開くのも一苦労だ。えい、と押してみるけれど扉はなかなか動かない。

「んーっ！」

さらに押してみたら、少しずつ扉が開く。背後に人の気配を感じてちらっと見上げたら、護衛の騎士が片手でこっそり押していた。

（まあいいか）

どうしても自分の力だけで開きたかったわけでもないし。テティウスが普通の子供だったら、こっそり力を貸してもらっているのに気づかないだろうし。

「よいしょー！」

少し騎士の力を借りながらも、扉を開くことに成功する。えいやっと足を踏み入れたとたん、視界がぐるりと暗転した。

「あれれれれ？」

いったい、何があったというのだろう。というか、足が宙に浮いて――違う。落ちている！

「殿下！」

「なんでー！」

「まっかせなさーい！　騎士達は来なくていいわ！　王様のところに報告に行って！」

ナビーシャの声がしたかと思ったら、ふわっと柔らかなものの上にお尻が落ちた。ナビーシャが背中で受け止めてくれたのだ。風が巻き起こったのは、ナビーシャが翼をはためかせたから。

「……ん？」

いや、ナビーシャの背中にどうして乗っているのだ。ナビーシャは、まだ子猫なのに。

「うわあ、ナビ子しゃんしゅごいねぇ！」

「まーね、神獣だからこのぐらいはねっ！」

普段は子猫の大きさなのに、今のナビーシャはかなり大きくなっていた。軽自動車ぐらいの大きさがあるのではないだろうか。

黒くつやつやとした毛並み。翼も、身体の二倍ほどに大きくなり、力強く羽ばたいている。

テティウスを乗せていても、びくともしない。

「なんでおちてる……？」

明かりはなく、周囲は真っ暗だ。ナビーシャが力強く翼をはためかせる音だけが響く。

「魔術的な現象が起こったわね……あっと下が見えてきたわ」

ナビーシャは、暗闇の中でも目が見えているらしい。ばさりと翼をはためかせ、地面に下りた。テティウスが降りやすいよう身体を低くしてくれる。地面に足をつけたテティウスは、周囲をぐるぐると見回す。

そうしてみれば、ここは洞窟のようだった。

ナビーシャの背中にいた時間を考えると、数十メートルはあっただろうに、天井はせいぜい三メートルというところか。見上げても、テティウスが落ちてきた穴は見当たらない。

「ここどこ？」

「あらやだ、ここ、迷宮《ダンジョン》だわね……」

「ダンジョン？」

迷宮とは、魔物の生息地だ。発生する理屈はまったくわかっていない。中は入り組んでおり、迷路のようになっている。地上では手に入らない植物が入手できたり、財宝が入手できたりするため、冒険者達にとっては格好の稼ぎ場所だ。

一説によると、奥に迷宮核というものがあり、集めた魔素《まそ》を使って魔物が生み出されるのだという。普通の動物と同じように繁殖している魔物も確認されているので、魔物がすべて迷宮から生まれるというわけでもない。

「きしさんたちは？」

「ついてこないように言ったわ。アンタひとりならともかく、他の人までは守れないかもしれないからね」

「そっか……なんで、ぼくたちこんなところにいりゅの」

「迷宮が変化したのだと思うわ。テティは運がいいんだか悪いんだか」

いつもの大きさに戻ったナビーシャは、前足で顔を洗いながら説明してくれた。

時々、迷宮が別の迷宮と繋がることがあるらしい。例は少ないのだが、迷宮ではない場所に繋がってしまうこともあるのだとか。

たぶん、今回は王宮の扉を開いた場所に繋がった。繋がったのは一瞬だけだから、落ちてきた穴が見当たらないのではないかというのがナビーシャの推測だった。

そのレアケースにテティウスは巻き込まれてしまったというわけだ。間が悪いというか運が悪いというか。

「なんで、ダンジョンとおうきゅうがつながったの？」

「うーん、たぶん、だけど。この迷宮、魔力が欲しいんじゃないかしら？」

「え？　まりょく？」

「ええ。アタシもよく知らないんだけど、時々迷宮が魔力を必要とすることがあるらしいのよね」

この世界の空気には魔素と呼ばれる物質が含まれている。生きるものはすべて多かれ少なかれその魔素を体内に取り込み、魔力としている。

迷宮はその魔素からできているというのが通説なのだけれど、魔素ではなく魔力を必要とすることがあるそうだ。

たとえば、急激に大きく成長する時など。これは、迷宮変化《ダンジョンへんか》と呼ばれるのだが、変化が起きる時には、純粋な魔力が大量に必要になるらしく、人がいる場所に繋がり、魔力を取り込むそうだ。

「テティとアタシを取り込んだところで、充分な魔力が確保できて閉じたのかもしれないわね……」

テティウスが体内に持つ魔力は、かなりの量だ。神獣であるナビーシャは言わずもがな。

「とりあえず、いつまでもここにいるわけにもいかないわね。迷宮の入口を目指しましょう」

「まもにょがいっぱいでぼくだいじょうぶ？」

自慢ではないが、普通より小さな四歳児である。魔物がいっぱい暮らしているという迷宮から無事に脱出できる気がしない。

「アンタねぇ、何言ってるの。大丈夫に決まっているでしょう？　このナビーシャ・ビビエッタ・コレリー様がついているんだから」

「そっか。ナビ子しゃんがいてくれたらあんしんだね」

「ナビ子って言うな！　あと、アンタも働くんだからね？」

「ぼく？」

「そうよ、はい、地図魔術使って」

収納魔術の中から、白い紙を取り出すように言われた。そんなものまで入っているとは知らなかった。

実際出そうと思ったら出せたので、ナビーシャがテティウスのために入れておいてくれたのだろう。

「いーい？　アタシの魔術に同調してこの紙に魔力を流すの。そうしたら、この紙が地図になるから」

「う、うん」

まだ魔術を正式に習い始めてはいないけれど、ナビーシャと一緒なら使えそうな気がする。ナビーシャの魔力は、テティウスにはとてもわかりやすい。黒と金が混ざったような特別な色として感じられる。ナビーシャの魔力なら、どこにいても見分けられる。

その魔力に、テティウス自身の魔力を重ねて紙に流し込む。ナビーシャの描く魔術式が、瞬時に頭の中に入ってくる。

（地図にするためには……こう、かな）

いきなりこんなところに放り出されるとは思っていなかったけれど、これなら何とかなりそうだ。

「まったくアンタの能力は反則ねぇ」

「それはめがみしゃまにいって」

反則も何も、今、テティウスが持っている能力は全部女神がくれたものなのだ。反則とか言われてもむしろこちらが困ってしまう。

「じゃあ、行きましょうか。地図はアンタが持って」

ナビーシャと並んで歩き始めた。

ここは迷宮の中だというのに、ナビーシャは恐れる気配などまるで感じさせない。長い尾をゆらゆらと揺らし、王宮の庭園を歩いている時とさほど変わりない様子だ。

テティウスが右手に丸めて持っている地図には、今頃少しずつ歩いてきた道のりが記されているはずだ。今、自分がどこにいるのかも赤い印で浮き出るという便利仕様。

「まもにょ、でないね」

「このあたりにはいないだけよ。迷宮の中に気配はあるわ。魔物は、他の人達の方に行っているのでしょうね」

ナビーシャは、他の人がどこにいるのかとか、そういうことまでわかるらしい。

彼女がいてくれれば、迷宮から無事に出られるだろう。早く帰って、家族に顔を見せてやらないと。

迷宮の中では、外と通信するような魔術は使えないというのをテティウスは知っていた。いくらナビーシャが神獣でもそれは無理なのだという。

となれば、とっとと出て、さっさと帰るしかない。だから、テティウスもせっせと足を動かしていたのだけれど——。

「ちゅかれた」

「……やっぱり無理だったか。ほら、アタシにお乗りなさいな」

「……おねがいしましゅ」

幼い身体は、迷宮内を歩くにはあまりにも不適切だった。頑張って歩いたが、一時間もしないうちに疲れて座り込んでしまう。

ナビーシャが再び大きくなり——今度はテティウスがまたがれる程度の大きさ——背中にテティウスを乗せて歩き始めた。

「とばないの？」

「いきなり攻撃されるのは怖いでしょう。飛んでいたら、どうしても注意力がそがれるしね」

「ごめんねぇ、ぼくがもっとつよかったらよかったのに」

「何言ってるの。生まれたばかりなんだからしかたないでしょ」

「ぼく、あかちゃんじゃない」

とむくれたら、ナビーシャは鼻で笑った。

神獣というからには、きっと何百年も生きているのだろう。もしかしたら、何千年かも。

そんな彼女からしたら、たしかにテティウスが赤ちゃんじゃないと言っても、誤差みたいなものなのかもしれない。

ナビーシャの背中で、地図を広げてみる。少しずつ、今まで歩いてきた道のりが記されていくのが面白い。

「シャーッ」

じっと地図を見ていたら、不意にナビーシャが唸った。かと思うと、前足をぶんと振る。

爪の先にひっかけられた魔物が宙を舞う。迷宮の壁にぶつかって、ずるずると滑り落ちた。

ナビーシャ、強い。

「ナビ子しゃん、しゅごい」

「ふふん、このぐらい当然だわよね！」

少しずつ魔物が出てくるようになったのだが、次から次へとナビーシャの前足にかかって吹き飛ばされた。

爪で飛ばされない魔物は、ナビーシャの放つ魔術でばらばらに切り刻まれている。ついでに、その魔術式も解析してみた。

今のテティウスなら、魔物を攻撃する魔術も使えそうだ。ナビーシャに言われるまでは、余計なことをするつもりもないが。ナビーシャは、怒ったら怖いのである。

「地図はどう？」

「できてりゅ――ナビ子しゃん、だれかいる」

「よくわかったわね」

今まで一本道だったのが、向こう側は開けているみたいだ。戦いの物音に、人の声も聞こえてきた。そこに、悲鳴が混ざる。

「いそいで！」

「オッケー、任せなさいっ！」

テティウスを背中に乗せたまま、ナビーシャはいきなり速度を上げた。

「うわあ！」

背中から落ちないというのはわかっていても、顔に吹きつける風がすさまじいことになっている。テティウスがのけぞっている間に、ナビーシャは開けた場所へと飛び出した。

「きゃああっ！」

女の人の悲鳴がさらにあがる。

「こ、子供……？」

茫然《ぼうぜん》としているように聞こえるのは、男の人の声か。

「坊や、下がって！　ここは危険だ！」

また、別の男の人の声。

しゃっと地面に降り立ったナビーシャは、テティウスを背中に乗せたまま魔物に向き合った。

もうここまで来るとテティウスも余裕だ。冷静に相手を観察する余裕まである。

（ミノタウロスってやつかな……？）

人の身体に牛の頭。手には大きなこん棒のようなものを持っている。

一般的には、迷宮の奥の方に出没するという魔物だ。非常に強力な魔物らしい。

「だいじょーぶ！　ナビ子しゃんにおーまーかーせぇー！」

「アタシに任せきりってどうなのかしらね？　任されるけどっ！　アンタも手伝いなさいっ」

「あいっ！」

意味のわからない大声をあげながら、ミノタウロスはこちらに接近してくる。すさまじい勢いの突進と共にこん棒が突き上げられた。

「テティウス！　防御魔術っ！」

「まかせてっ！」

テティウスは、目に見えない壁を作る魔術を発動した。魔術式は、以前ナビーシャから教わったことがある。

振り下ろされたこん棒は、見えない壁にぶつかって弾かれた。

（あっちの人達にも……防護壁！）

ミノタウロスとやりあっていたのは、四人いるらしい。服装からすれば、間違いなく冒険者と呼ばれる人達だ。

「坊や、下がりなさいと言っただろう！」

「今の防御魔術は誰が……？」

そんな声も聞こえてくるが、構っている余裕はなかった。

「さっさと地上に戻りたいのに邪魔してくれちゃって！　余計な労力割かせた恨みは大きいんだからねっ！」

再び振り上げられたこん棒をくぐりぬけ、ナビーシャはミノタウロスに接近する。背中にテティウスを乗せたまま。

「切り裂きなさいっ！」

声と共に発せられたのは風の攻撃魔術。ミノタウロスは、手で魔術を遮ろうとするけれど、まったく役に立たなかった。

ナビーシャの発した風の魔術は、ミノタウロスの腕を一気に切断し、そのまま喉に食い込む。頭が不自然な角度にぐらりと折れたら、ミノタウロスの口から怒りの咆哮《ほうこう》が上がった。

こちらに向かってもう一歩踏み出す。だが、そこまでだった。

大きく身体が揺れて、そのまま横倒しに地面に倒れこむ。

「……ふぅ」

ナビーシャの背中から下りて、テティウスは額の汗を拭った。テティウスは、ほぼほぼ乗っていただけだが気分の問題だ。

「ねえねえねえ、大丈夫？　こんなところでこんなちっちゃな子が何やってるの？」

「ぼくちっちゃくないよ」

「ちっちゃいでしょ！」

テティウスに駆け寄ってきたのは、淡い色の金髪を短く切り揃えた少女だった。耳が横に長く普通の人のものとちょっと違う。

革の鎧《よろい》で上半身を覆い、背中に弓を背負っていた。

見ればわかる。彼女はエルフだ。テティウスは目を丸くして彼女を見た。

この世界には、エルフやドワーフ、人魚などという種族がいるのは知っていたけれど、実際に会うのは初めてだ。

「ねえねえ、どうしてこんなところにいるのって聞いてるんだってば！」

「えっとぉ……わかんない」

「わかんないってそんな」

テティウスの前にしゃがみ込み、目の高さを合わせてくれた彼女は、困ったような顔になった。

「ええと、アタシはナビーシャ・ビビエッタ・コレリー。こっちはテティ」

「ナビーシャ・ビビエッタ・コレリー？」

首をかしげたのは、剣を持ち、金属鎧に身を包んだ青年である。こちらは、二十代前半というところだろうか。

「ナビーシャ殿は、翼猫とお見受けするが……？　そちらの坊やの契約獣か？　しかし、翼猫にしてはずいぶん大きい……？」

最初に声をかけてきた弓使いに並んで膝をついたのは、こちらも金属鎧に身を包んだ青年だ。先の青年が剣を持っているのに対し、こちらは槍を主に使うようだ。

「アタシ、テティの契約獣。特別な翼猫よ。アタシとこの子は、迷宮事故に巻き込まれたの。家にいたはずなんだけど、扉を開いたらここに落ちちゃって」

迷宮事故は珍しいといえば珍しいが、まったく見られないというものでもない。ナビーシャの説明で、相手は納得した様子だった。

「ナビーシャ殿のような強い契約獣がいてくれるのなら、テティ君も安心だろう。怪我をしているようなら、ザイオスに診てもらうか？」

「や、その坊主なら問題ないだろ？　泣きもせずけろりとしてるんだから」

少し離れたところにいるザイオスと呼ばれたのは、白い神官服を身にまとった青年だった。金属鎧を身に着けたふたりがすらりとしているのに対し、神官服の彼は小柄でがっちりとしている。髭《ひげ》を生やしているから、金属鎧組よりも貫禄があるように見えた。

「子供がひとりじゃ危ないわ。君、私達と一緒に来る？」

エルフの問いに、テティウスは首を横に振った。

彼らは冒険者だし、テティウスに声をかけてくれたのも悪意からではないだろう。

――でも。

彼らと一緒に行くのが、正しいのかどうかわからない。

「しらにゃいひとにはついていかないの。ナビ子しゃんといく」

そう言ったら、相手はけらけらと笑い始めた。テティウスが口にしたのは、とても失礼な言葉だったというのに気にしていないらしい。

「そうね、それで正解。君賢いわね！　私はネレア。見ての通り――エルフで――弓使いよ。罠を見つけたりもするわね」

見ての通り、のところで耳を引っ張りながら、ネレアは笑った。

それから、彼女はちらりと槍使いに目をやる。

「槍を持っているお姉さんはレナータ。私の親友」

「お姉さん？」

いや、たしかに中性的ではあるが、冒険者にしては線の細い男の人だと思っていた。目を丸くしているテティウスに、立ち上がったレナータは肩をすくめる。

「気にしないでくれ。こんな外見だし、口調も男性的なようだ。迷宮内にいる時はしばしば間違えられるんだ」

よくよく見てみれば、首の後ろでひとつにくくった金髪は、丁寧に手入れされている。もしかしたら、大金持ちのお嬢様とかなのかもしれない。

「それから、俺がセリオン。あっちのザイオスは、ドワーフの神官だ」

剣を持った青年——セリオン——は、最初に自分を、それから次にザイオスを指した。

「ドワーフ！」

またまた目が丸くなった。エルフだけではなく、ドワーフにも会えるなんて今日はついている——いや、ここに落ちてしまったことを考えるとついてはいないか。

「そして、俺達は冒険者パーティー、流星の追跡者だ」

「りゅーせーのちゅいせきしゃ」

舌がまったく回っていない。その様子に、流星の追跡者達は微笑ましそうに目を細めた。好きで舌が回ってないわけじゃない。テティウスはむっと唇を尖らせる。

「俺達、これでも三級パーティーだから、信頼してもらっても大丈夫だぜ？」

と、セリオンは付け足した。

冒険者は、冒険者組合によって管理されているというのをテティウスは知っていた。

最初は初級冒険者。一定の水準をクリアすると五級冒険者になることができる。たしか、魔物との戦いが許されるのはこの五級から。

そして、四級、三級と上がっていき、一級まで到達することになる。四級から三級に上がる時には、人格なんかも重視されると聞いているから、たしかに信じてもいいかもしれない。

「そうね、テティはどう思う？　私は、この人達は信じてもいいと思う」

「いっしょにいこ！」

ナビーシャがいてくれれば、流星の追跡者がいなくても出口にまではたどり着けると思う。だが、冒険者と顔を合わせる機会なんてそうあるわけもない。

何より、彼らの戦いぶりを間近で見るいい機会だ。ナビーシャが信じてもいいと言うのなら、大きな問題はないのだろうし。

「テティがそう言うなら、一緒に行きましょ」

こうして、冒険者と行動を共にすることが決まった。

「なら、私が先の様子見てくるわねっ！」

勢いよく走りだしたネレアは、足音もなくあっという間に姿を消した。彼女は、このパーティー内で斥候《せっこう》のような役も担当しているようだ。先ほど、罠を見つけるのも担当と言っていた。

「俺とレナータが先頭、真ん中はナビ子さん、最後がザイオスな」

「ぼくは？」

「テティはナビ子さんに乗るんだろ」

「むぅ……」

たしかにそうなのだが、何となく面白くない。一応、戦力にはなるはずなんだけどなーと思いながらも、もそもそとナビーシャに乗る。

「ちょっと、アンタまでナビ子って呼ばないでくれる？　ナビーシャ・ビビエッタ・コレリーっていう素晴らしい名前があるんですからね？」

「いや長いだろ！」

本名で呼ばれたがったナビーシャだが、セリオンに一蹴されてこちらもむくれ顔になった。

いつまでもここにとどまっているのもよろしくないと、ネレアのあとを追って歩き始める。

少し歩くと、軽やかな足取りでネレアが戻ってきた。

「――この先、魔物が集まってる」

「そっか……まずいな」

「まずいって何がよ？」

戻ってきたネレアの報告に、セリオンは渋い顔になった。ナビーシャは首をかしげるけれど、レナータが追加の説明をしてくれる。

「どうもこの迷宮、魔物が急に強化されたみたいなんだ。私達は、普段ならこんなに苦戦しないのだけどね。地形も変化しているし」

「よくあること？」

「いや、私が知る限りでは、あまりない――と思う。ザイオスとネレアは何か知らないか？」

「俺は五十年生きてるが、実際に体験したことはないな。じいさんの話だと昔あったとは聞くが」

ザイオスは、二十代に見えていたけれど、実際にはもう五十代らしい。

エルフやドワーフといった種族は、人間よりもはるかに寿命が長いから、見た目通りの年齢ではないことはわかっていたが、聞かされたらびっくりしてしまう。

「私も、見たことはないかな。でも、百年前とぉ……二百五十年前に噂には聞いた。どっちの迷宮ももうクリアされてるけど」

「にひゃくごじゅうねん？　ネレア、なんしゃい？」

「乙女の年齢は聞かないのよ？　百越えてから私も数えてないし。エルフの年齢で言うと、まだ成人もしてないと思うんだけどどうだったかな？」

二百五十年前の記憶があるというのに、エルフ年齢で言うとまだ成人していなかったのか。どのぐらい長生きなのかを想像するのも恐ろしい。

「とにかく、だ。いつまでも、迷宮の中にいるわけにもいかんしな。出口に向かおう」

ネレアも合流し、セリオンの言葉に従って再び歩き始める。

ピン、とナビーシャが髭を立てた。

「――来る！　テティ、防御魔術！」

「あいさっ！」

ナビーシャの声に合わせて、防御魔術を展開。ばらばらと飛んできた矢が、地面に落ちた。

「はーん、ゴブリンね。ここの迷宮は、ちょっとは歯ごたえありそうだけど……消えなさいっ！」

ナビーシャの一喝で、ゴブリン達が一瞬にして燃え上がった。灰も残さずにその場で消滅する。

「おいおい……」

「とんでもない契約獣だわね……ん？」

茫然とするセリオンに、何か気づいたかのようにじっとナビーシャを見つめるネレア。

「余計なことは言わないようにね？」

ナビーシャに言われて、無言のままこくこくと首を縦に動かしているのは、脅えているかららしい。見ているこちらが気の毒になってしまう。

「テティ君はよい契約獣と契約しているのだな」

「テティがよい主だからよ」

レナータがこちらを見る目は、どんどん微笑ましそうなものになっていく。ナビーシャも、レナータに誉められるのはまんざらでもなさそうだ。

「坊主の魔力は人間にはなかなか見られないほど多いな。もしかして、人ではない者の血が混ざっているのか？」

「ぼく、ふつーのにんげんだよ？」

ザイオスは、じっとテティウスを見ていた。

シルヴァリア王家は魔術の才能に恵まれているけれど、先祖に他の種族の血が入っているという話は聞いたことがない。

テティウスが知らないだけでどこかで入っているかもしれないが、テティウスのこれは先祖の血ではなく神様のお詫びである。

ナビーシャが魔物を一掃したので、再び歩き始めた。ネレアが時々先行し、魔物がいる場合には警告してくれる。

「……何で、こんな急に迷宮が強化されたんだろうな？　地形も変わっているし」

「そのあたりは、研究も進んでないのだろう。私も、歴史の時間に学んだことがある程度で、詳細については知らないんだ。迷宮事故もそうあることではないしな」

先を行く、レナータとセリオンの話を聞きながら考える。意外と出口は遠そうだ。

思っていたよりも、迷宮の奥に深いところまで飛ばされていたみたいだ。

迷宮の入口を探して歩く道のりは、想像以上にのんびりなものだった。何せ、すべてナビーシャとテティウスで片付いてしまう。

「俺達の同行、意味あるのか……？」

と、セリオンがぼやいたほど、流星の追跡者達が戦闘そのものに参加することはなかった。

彼らには、体力を温存してもらった方がいい。

「ナビ子しゃん、おなかすいた」

二時間ほど進んだところで、テティウスのお腹がぐぅっと鳴った。おやつは食べたが、それ以降水すら口にしていない。

喉の乾きも覚えてきたし、一度休憩を入れたいところだ。

「そうだな――そろそろ、ここで休むことを考えた方がいいかもしれない。無理をして進んでもいいことはないからな」

このまま迷宮の中で一泊することを決めたのは、セリオンだった。ここまでの様子を見る限り、彼がリーダーなのだろう。

「じゃあ、休めそうな場所を探さないとね。私、探してくる」

ネレアが再び先に行く。

迷宮の中で宿泊しなければいけない時は、比較的安全そうな場所を探すところから始めるのだそうだ。

守りに適している場所、脱出経路しやすい場所、水場の近く――など。今回は、守りに適した場所を探すことになるだろう。何しろ、子供が交ざっているのだから。

ネレアが見つけ出したのは、通路のようになっている道を進んだ先にある開けた場所だった。

天井は高く、通路はレナータが槍を振り回すことができる程度の広さ。

奥には、もう一本通路が見える。天井は三メートルぐらいの高さはありそうだが、上には通路はなさそうだ。

「ここなら、通路の方だけ警戒しておけばいいしね。ここでどう？」

「悪くないわ。落ち着くもの。テティ、野営道具を出しなさい。あと、ご飯も食べないと」

「わかったー！」

まさか、収納魔術の中に用意していた野営道具や食料をこういう場所で使うことになるとは。

備えあれば患いなしとはこのことか。

「おにくー、おやさいー、パンー、てっぱんー」

「おい、何してるんだ」

「ごはん」

セリオンが険しい顔でこちらを見ている。

鉄板だけではない。ちゃんと魔道具も入っているのだ。ご機嫌で魔道具のコンロに鉄板をのせる。

「おいおいおいっ、ナビ子、止めろ！　肉を焼くって、魔物を呼び寄せるようなものだぞ！」

セリオンが慌てて、ナビーシャの方を振り返る。だが、ナビーシャは、床に丸くなり、尾で床を叩いただけだった。

「ナビ子って呼ぶなって言ってるでしょ！」

「そんなこと言ってる場合か！」

「ばーべきゅー！」

マイペースにテティウスは、鉄板が熱くなるのを待っている。もちろん、保存食らしい保存食も入っているのだ。干し肉と硬いパンとか。

だが、ナビーシャがいる以上ここは安全だし、せっかくだからもうちょっと美味しいものを食べたい。

「坊主。それはしまっておいた方がいいぞ？」

呆れてしまったセリオンとは違い、ザイオスはテティウスの出した品々に興味津々だ。収納魔術を持っている者はそう多くないからだろう。

「ナビ子しゃんがいるからだいじょーぶー」

「両脇の入口に結界張っておくから、少しのんびりしたら？　魔物が近づいてきたらアタシにはわかるし」

「ナビ子ちゃん、緊張感なさすぎ」

けらけらと笑いながら、ネレアはナビーシャの隣に座り込んだ。手を伸ばしてわしゃわしゃと撫でられ、ナビーシャはふふんと笑う。

包丁、まな板――と調理道具を出し続けていたら、レナータが隣に来た。

「私も手伝おうか。こう見えても、刃物の扱いには慣れているんだ。セリオン、うちからはスープを提供でいいかな？」

「おいおい、ネレア、レナータ」

「んじゃ、俺達はテントを張るか。セリオン、手伝え」

「ザイオスまで……！」

嘆かわしいというように両手を広げたセリオンは、それでもしぶしぶテントを張る作業にかかった。

「坊主、その収納にテントは入ってるか？」

「ある！」

ザイオスは、テティウスの肩に手を置いて続ける。

「だが、今日はやめとけ。俺達のテントで一緒に寝よう。分かれていると、何かあった時にすぐに対応できないかもしれないからな。あ、ナビ子さんを信じていないというわけじゃないぞ」

「アタシを信頼するのは当然よね」

ちらりとレナータはナビーシャに目をやって、それから手元に目を戻した。彼女が切っているのはベーコンである。

ベーコンと芽キャベツ、玉ねぎ、ニンジンをことことと煮込んだスープを作っているらしい。

「やだー、いいお肉あるじゃない！　もらっちゃっていいの？」

ネレアは、早くも鉄板の側に張り付いている。右手にフォークを握りしめ、遠慮なく食らいつく準備は万全だ。

「みんなでたべたほうがおいしいよ」

「テティ君、いい子だねぇ。地上に戻ったら、ちゃーんとお返しするからね！」

大きな牛肉の塊を食べやすい大きさに切り、油を引いた鉄板の上に並べ、その場で軽く塩胡椒。野菜も一緒に並べ、鉄板の端でパンを軽く温める。

「ソース、あるよ？」

テティウスが収納から取り出したのは、バーベキュー用のソースである。

王宮の料理人にお願いして作ってもらった甘辛いソース。瓶に詰めて、収納魔術に放り込んでおいた。

「うん、いいにおい！」

「アタシには冷ましたところをちょうだい」

テティウスの足元にいるナビーシャも鼻をひくひくとさせている。切った玉ねぎを鉄板にのせて、テティウスはナビーシャを撫でた。

「ナビ子しゃんはねこじただもんね」

「猫じゃないですぅー、翼猫ですぅー！」

じゅうじゅうと肉の焼ける音、ただよう香り。

最初のうちは緊張感がないだの真面目にやれだの文句を言っていたセリオンも、香りに惹きつけられてこちらに寄ってくる。

緊張感がないことこの上ないが、今日は一日大変だったのだから、このぐらいは許されてもいいのではないだろうか。

「おいしい！」

子供の舌なので、ピーマンはあまり得意ではない。でも、王宮料理人特製の甘辛いたれをつければだいぶましになる。

「うん、このソースは美味しいな。さぞや名のあるシェフが作ったのだろう」

慎重にソースの味を見ているレナータは、ずいぶん食に詳しいのかもしれない。ゆっくりと味わいながら食べている。

「というか、本当にいい肉使ってるな！　これ、貴族でもないと手に入らないぞ」

「そんなの見ればわかるでしょ。テティ君のお洋服見てごらんなさいよ。こんな上等なお洋服着られるのは、ものすごくいいところのお子さんぐらいでしょ」

ネレアの観察眼は鋭い。王族なので、たしかにものすごくいいところのお子さんだ。

「これで、酒があればなあ」

「さすがにそれはまずいでしょ。迷宮を抜けるまで待ちなさいな」

「わかってる」

ネレアがザイオスをからかい、ザイオスはネレアに顎を突き出す。何だか、険悪な雰囲気になったと思いながら見ていたら、笑いながらレナータが耳元に口を寄せてきた。

「喧嘩しているわけじゃないから安心していい。さて、子供は歯磨きをしたらすぐに寝るんだよ。明日も、一日大変なのだから」

「はーい」

「そうそう、アタシが一緒に寝てあげるからね」

満足そうに皿を空にしたナビーシャがあくびをした。

レナータは、もしかしたら弟や妹がいるのかもしれない。小さな子供の世話をするのに慣れているみたいだ。

満腹になるまで食べたあと、おとなしく歯磨きをしてテントに入った。幼児の身体は体力がないのは否定できない。

「……ナビ子しゃん」

「何？」

「ふわふわ、だね」

寝袋を出して中に潜り込むと、すぐ側に大きくなったナビーシャが横たわる。彼女の腕の中に抱え込まれたら、ふわふわの毛皮が優しくテティウスを受け止める。

「ゆっくりおやすみなさい。アタシは、アンタのためにこの世界に来たんだから」

「……うん」

ナビーシャの言葉は、後半は耳を素通りしていた。すっかり眠くなってしまっていたのだ。

ナビーシャの結界が功を奏したのは間違いない。

一晩ぐっすり、魔物の襲撃に遭うこともなく休むことができた。流星の追跡者達は、一応見張りを交代しながら休んだようだ。

「緊張感がなさすぎだろ！」

とセリオンは両手を広げて迷宮の天井を見上げていたけれど、一晩魔物と遭遇せずに休めたのは、体力の回復に役立ったようだ。

テティウスは歩いたりナビーシャの背中に乗せてもらったりしながら、冒険者達の真ん中を進む。

途中でどっちに行こうか迷ったので、テティウスが作っていた地図を見ながら皆で相談。南の方に進めば、出口がありそうな気がする。

「ていうか、この地図反則だろぉぉぉ！」

「便利なんだからいいじゃないか」

セリオンは、テティウスの持っていた地図を見てわめき、レナータは肩をすくめる。

「テティ、お前、本当何者なわけ？」

「ぼくはぼくだよ？」

他の三人は、わりとすんなり順応したのに、セリオンは、テティウスが普通の子供と違うのにいまだにいちいち驚いてくれる。この反応は新鮮だ。

「まあまあ、ほら、だいぶ地上に近づいてきた気はするだろ？　早く行って、坊主を親に会わせてやらんと」

「それもまあ、そうだな。よし、行くか」

ザイオスがセリオンをなだめてくれて、再び歩き始める。

襲いかかってくる魔物は、テティウスの防御魔術とナビーシャの魔術で一掃。

「ねえ、テティ君。あなたうちのパーティーに入らない？　あなたがいれば、迷宮の攻略すっごい楽になると思うんだけど」

「おとなになったらかんがえるー」

「予約しちゃお！　大人になったら、一緒に冒険しようね！」

ネレアが誘いをかけてくるが、この約束は守れるだろうか。

テティウスは王子様だけれど、上に優秀な兄や姉がいる。冒険者になるのは、交渉次第で何とかなりそうな気もする。

「あ、出口だ！」

出口まで行くと、そこは封鎖されていて、たくさんの人が集まっていた。流星の追跡者達を見かけた男性が、ほっとした顔になる。

「おお、お前らが最後だ。迷宮が急に変化したんだな？」

「組合長。中は危険が増している。調査が終わるまで、新人は入らない方がいい。それと、外から飛ばされてきたこいつの親を探してほしい」

　組合長と呼ばれた中年の男性は、セリオンに前に押し出されたテティウスを見てはっとした顔になった。

「テティウス・シリュリュ――じゃない、テティウス・シリュヴァリュスです。おうきゅうにれんらくしてください」

　噛んだ。自分の名前すら噛んだ。

　動揺したのを隠し、ぺこりとその場で頭を下げると、背後から「はああ?」と叫ぶセリオンの声が聞こえてくる。

「は?　お前王子だったの?」

「そーです。ぼくはだいさんおうじなのです」

「……マジか」

「マジ」

「……嘘だろぉぉぉ!　そりゃいい服着てるわ!」

　セリオンはその場に崩れ落ちた。

　頭をひっぱたいたり、文句を言ったり。テティウスは気にしていないが、普通なら不敬と取られてもしかたのない態度だ。崩れ落ちたくもなるだろう。

「ぼくはきにしてないよ?　そとまでつれてきてくれてありがとう。とても、たのしかった」

「そうそう、テティが楽しんだのだからそれでいいのよ」

「よくねぇよ！」

ナビーシャの言葉に重ねるように、セリオンの声が響き渡る。

ちらりと他の三人の方に目を向けたら、レナータは苦笑し、ネレアは大笑い。肩をすくめたザイオスは、テティウスの前までやってきて膝をついた。

「王子殿下、われわれの無礼をお許しくださいますか？」

「ぼく、なのってないでしょ。みんなはわるいことちてないよ」

「そうおっしゃっていただけるのであれば、我々としても、ありがたいことです」

迷宮にいる間は、テティウスのことを「坊主」と呼んでいたけれど、やはり外に出るとザイオスの態度も変わってしまうみたいだ。

やがて、王宮から迎えがやってきた。というか、両親が馬車に乗って駆けつけてきた。

「本当に、本当に、本当に心配したんですからね……！」

「ごめんなさい、かあさま」

母は涙ながらにぎゅっとテティウスを抱きしめる。

「アタシがついているから、そこまで心配することはなかったのに」

「ナビ子さんのことも心配していたのだ。テティウスをひとりで守るのは大変だっただろうに。無事に連れ帰ってくれて、本当にありがとう」

父は、テティウスを守り抜いたナビーシャをねぎらった。自慢そうに、ピンとナビーシャの尾が立つ。

「大変と言えば大変だったけれど、そこまで気にすることではないわよ。アタシは有能な契約獣ですからねっ」

テティウスが王宮から消えたことは、側にいた護衛の騎士達の証言もあって皆知っていた。だが、こういう事故の場合、どこに飛ばされたのかはわからないという。テティウスを探すために魔術師の塔の魔術師が総動員されて、大騒ぎになっていたそうだ。

「流星の追跡者――だったか？　息子を連れ戻ってくれて感謝する。後日、改めて王宮に招かせてくれ」

「光栄でございます、陛下」

セリオンは父の言葉に固まってしまい、パーティーを代表してレナータが頭を下げる。

「みんな、またねぇ」

父に抱き上げられたテティウスは、皆にご機嫌で手を振る。ネレアは上機嫌で手を振り、レナータとザイオスは揃って頭を下げた。セリオンは、地面に崩れ落ちたまま。

その様子がおかしくて、父の肩に顔を埋めてくすくすと笑う。

こうして、テティウス最初の冒険は幕を下ろしたのだった。

第四章　実りの秋に楽しいお祭りだったはずなのに

テティウスが迷宮に飛ばされて、無事に帰還した数日後。王宮に流星の追跡者達が呼び出された。

「陛下、お招きありがとうございます」

最初に頭を下げたのは、パーティーのリーダーであるセリオンではなく、紺のワンピースに身を包んだレナータだった。迷宮にいた時は、首の後ろでひとつにくくっていた髪は、今はゆるく巻かれて肩から流されている。

こうしてみると、中性的な顔立ちではあるけれど、女性であるというのがちゃんとわかる。ネレアは淡い緑色のワンピースだ。軽やかな仕立てのそれは、彼女の繊細な美貌を際立たせている。

一方、セリオンはいかにも借り着といった様子の白いシャツと、茶色の上着の組み合わせ。ズボンは、上着と同じ布で仕立てられたものだ。

ザイオスは、神官の正装。白と金を基調としたそれは、彼の豪快な容姿に威厳のようなものを加えていた。

「いえ、息子を救っていただいたんだもの。お礼を言うのはこちらだわ」

「そうだ。わが子がいなくなった時の恐怖は、思い出したくもない」

母と父が口々にそう言い、冒険者達は膝をついて頭《こうべ》を垂れる。

「殿下も、ご無事でようございました」

「ぼーずでいいよ？」

わざわざ殿下と呼んでくれたザイオスにそう言うと、彼は目を剥いた。意地悪をしたつもりはなかったのだが。

「あー……それは、ですな。殿下は普通の子供ではないので」

「ぼく、ふつうのこ」

「お前を普通と言うには無理がありすぎるだろうが――あっ」

いい勢いで突っ込んでしまったことに、セリオンは慌てて口を塞ぐ。王子を「お前」呼ばわりしてしまっては、首をはねられても文句は言えないのだ。

「ぶれいこー」

「テティ、そんな言葉どこで覚えてきたのだ？　まあ、こういう子供だ。公の場ならともかく、私的な空間ならば坊主呼ばわりもお前呼ばわりもよしとしよう。王宮に収まる子でもないだろうしな」

まさかの国王陛下のお墨付きである。父の言葉にびっくりしたのは、むしろテティウスの方だった。

（いいのかな……？）

今、父は「王宮に収まる子ではない」と言った。ということは、将来テティウスが王宮を離れることも予想しているわけで。

（いや、自由に生きるつもりだからそれはそれでありがたいんだけどさ……）

『あんたのことは、神様の寵愛を受けているって話はしてあるからね。国を離れる覚悟はしているんじゃないかしら？』

と、いつもの大きさになったナビーシャはテティウスの足元で尾を揺らした。

そんな様子を見ていたら、冒険者達も気の抜けたような表情になった。

「セリオン、あとで僕と剣を打ち合わせてくれないか？　王宮の騎士の剣以外も経験してみたいんだ」

「か、かしこまりました」

王太子のゼファルスに声をかけられたセリオンは、上ずった声で返事をしている。

「ねぇねぇ、魔道具作るの好き？」

「錬金術はできる？」

「あー、姫さん方。俺は、魔道具は不得手で……」

ヘスティアとユスティナに両側に取りつかれたザイオスは、話をどう持っていったらいいものか判断に困っている様子だった。

「殿下。ザイオスはドワーフですが、鍛冶や魔道具作りは苦手なのです。ですが、神官としての才能にはずば抜けたものがあるのですよ」

「いや、一般的な話でよければ……」

すかさずレナータが救いの手を差し伸べ、ザイオスは頭をかく。双子は、ザイオスの両脇に座を占めた。

「聞く」

「教えてくださる？　もちろん、私達には優秀な先生がついてくださっているの。でも、ドワーフの方のお話を聞く機会というのはなかなかなくて……」

ヘスティアとユスティナは、ザイオスにぴったりとくっついて離れない。天井を見上げたザイオスは、ふたりが矢継ぎ早に繰り出す質問に、ひとつひとつ丁寧に返し始めた。

その隙にレナータに声をかけたのはアクィラである。

「レナータは、槍の方が剣より強いと思うから槍を使っているのか？」

「私はたまたま剣より槍に適性があったのですよ、殿下」

アクィラは、レナータが槍使いだと聞いて興味津々だった。槍術は、今のところ王家のカリキュラムには入っていないのだ。

（……兄様や姉様達も楽しんでくれているみたいでよかった）

膝の上に乗ってきたナビーシャを撫でながら、テティウスは兄や姉の様子を微笑ましく見つめていた。

思いがけない事故に巻き込まれて飛ばされて、家族に心配させることになってしまった。同じようなことがもう起きないよう、今後も気をつけねば。

「……テティ君」

「なぁに、ネレア」

軽やかにワンピースの裾を揺らしてやってきたネレアは、ちらりとナビーシャを見てから、テティウスの隣に腰を下ろした。彼女が兄や姉に向けるのは、テティウスと同じように微笑ましいものを見る目だ。

「あなた、愛されているのね」

「うん！」

ネレアの言葉に、テティウスの笑みはますます大きくなる。そう、家族を愛しているし、愛されているのだ。

「ねぇ、ナビ子ちゃんって……もしかしてただの翼猫じゃない？」

「うん、そうだよ」

ひそひそと囁《ささや》いてくるので、素直に認めておく。今のところ公に認めているわけではないが、極秘事項扱いでもないので、問題はないだろう。

「あー、やっぱりそうかあ！　なんか怖いと思ったのよね！」

その説明で、ネレアは納得してくれたようだ。

「ねえ、ネレア。ぼうけんのはなし、して」

見た目は十代前半と一番若いが、ネレアは「流星の追跡者」の中では一番のお姉さんである。

彼らのパーティーに加わる前にもいろいろなところで冒険していたそうだ。

「いいわよぉ、じゃあ、私が最初に冒険に出た時の話をしようかしら。もう、あの頃の仲間は残っていないけれど」

最初にパーティーを組んだのは、ネレア以外は全員人間だったそうだ。それだけに、ネレアの才能は、パーティーの中では重宝されたらしい。

「テティ君」

「なーに？」

「私ほどじゃないけど、あなたも長生きすると思うの。だから、家族や出会った人と一緒にいられる時間を大切にしてね」

「……うん」

魔力が多い人間は、普通の人より老化が遅く、かつ長生きになるそうだ。

シルヴァリウス家の人達は、全員魔力が多いから、皆長生きするだろうけれど、きっとテティウスほど長生きではない。テティウスも、いずれ大切な人達を見送ることになるのだろう。

何もなければ、一番長生きするのはきっとテティウスだ。

（前世じゃ若死にしたから、今回は見送る方がいいな）

『アンタの人生、まだ始まったばかりでしょうが』

愛する家族に囲まれて、豊かな時間を過ごしている。『テティウス・シルヴァリウス』としての人生は、好きなことをしてもいいと神様からお墨付きをいただいている。

それに、それが叶うだけの才能──まだ、発展途上だけれど──も授けてくれた。だからこそ、今という時間を大切にしたいと思うのだ。

今はまだ子供の身体だから、自由に外に行くわけにはいかないけれど、大人になったら、もっと外の世界を見て回りたい。

その願望が、はっきりとした形になって目覚め始めているのを自覚する。

ゼファルスはセリオンと剣を打ち合わせ、アクィラもゼファルスに続く。レナータには、『今度は槍を教えてほしい』とねだるぐらい楽しかったようだ。

ザイオスは双子を相手に、次から次へと繰り出される質問に答えるのに忙しい。

日頃、あまり会うことのない冒険者達の冒険譚をたっぷりと聞いた子供達は大満足。

そして、流星の追跡者には褒美を渡すのと同時に、「また王宮に来て子供達と話をしてほしい」という「お願い」がされたのだった。

＊　＊　＊

今年の夏は暑さが厳しかった……と言われる夏が終わり、秋があっという間にやってきた。

冒険者パーティー、「流星の追跡者」は一時王都を離れて、別の街での依頼を受けているという。

帰ってきたら土産話をしてくれるというから、テティウスとしてはそれを楽しみに待っているところだ。

そして、シルヴァリウス家にとってはもうひとつ、とても大切な行事があった。

「テティの誕生会をしなくてはな」

「お友達もできるといいわね」

両親の言葉通り、テティウス五歳の誕生日が近づいてきていた。

魔術の勉強も開始された。今まで、必要な魔術はナビーシャから教わっていたけれど、ちゃんと系統立てて先生から教わるのも楽しい。

五歳の誕生日、とはいえ、まだまだ小さい。他の子より少しばかり成長がゆっくりなのは、これはもうどうしようもないことだ。

まだ大がかりな誕生会は開かないと聞いていたので安心していたのだが、王家の「大がかりではない」を甘く見ていた。

招待客は、同年代の子供達三十名ほど。いずれも名門貴族の家系の子供である。

もう少し大きくなって、側近候補を選ぶ頃には、招待客に名門貴族の家に連なる下級貴族の子供や、優秀と認められた平民の子供なども加わるらしい。

（や、同年代の子供だけで三十人って――これだけで充分大事でしょう？）

『何言ってるの。隣の国の王子なんて、百人近く呼んでるのよ？　充分小規模でしょうが』

心の中で、ひそひそとナビーシャと囁き合う。

招待された子供は三十人程度であるが、そこにその両親がついてくるのは必須だ。圧倒的に両親が揃って来ている者の方が多く、これだけで招待客は百人近くになる。王子達や王女達と親交のある兄や姉がいればさらにそこに追加されるというわけで、招待客の人数は何倍にも膨れ上がっていた。

子供達が自由に触れ合うことができるよう、大人達は少し離れた場所で大人同士で親交を深めているところ。

「こんにちは、殿下」

「遊びましょう？」

テティウスのところには、女の子が集まっていた。女の子達の後ろから、男の子達がこわごわと覗き込んでいる。

「無理だろ」

「ちっちゃくて壊しちゃいそうだよ……」

ひそひそと囁き合っているつもりなのだろうが、子供のひそひそである。全部テティウスの耳にまるっと届いてしまっている。

（ちっちゃく見えるんだろうなー、実際ちっちゃいもんなー）

男の子達はテティウスを放置しておいて、追いかけっこを始めてしまった。

たしかに、まだ身体が追いついていないし、彼らに交ざって遊ぶのは難しいかもしれない。

親の中には、テティウスから離れている我が子に対して眉間に皺を寄せている者もいたけれど、今日は子供達の会話には口出し厳禁である。

「殿下、お茶はいかがですか？」

「お菓子をどうぞ」

テティウスの側に残った女の子達は、せっせとテティウスにお茶を差し出したりお菓子を差し出したりしてくる。ものすごく熱心でとても怖い。

（どういうこと……！）

『女の子は小さくても女ってことね。未来の王子妃狙いよこれは』

（小さくても女って早すぎでしょ！　それに狙うなら王太子のゼフ兄様を狙えばいいだろうに）

『ゼファルスが五歳の女の子の手を取ってたら、それはそれで危ない構図の出来上がりでしょうが……』

（――たしかに）

兄ふたりとテティウスは、少し年齢が離れている。

テティウスと同年代の女の子なら、たしかに兄達に狙いを定めるより、テティウスを狙った方がいいのかもしれない。

だが、こんなにも取り囲まれてわいわいやられると、少々頭が痛くなってきてしまう。

「ごめんね、ぼくちょっととうさまとかあさまのところにいってくる」

そう言い残してその場を離れたら、さすがに女の子達もついてはこなかった。

(あれが肉食系女子……！　前世でも会ったことなかったよ……！)

前世では、恋愛においてぐいぐい行く女の人をそう言っていたような。残念ながら、優人の人生ではそんな女性に出会う機会はなかったのだが。

両親のところに行くというのは言い訳で、女の子達から少し離れたところで物陰に逃げ込む。

座り込んではぁとため息をついた。おもてなしって、大変だ。

「……あれ？」

先ほどまでずっと女の子に囲まれていたけれど、ここにも女の子がひとりいる。

ここにいるということは間違いなく招待客のひとりなのだろうが、こんなところで何をやっているのだろう。

「ねえ」

「うわあ！」

背後から忍び寄って声をかけたら、彼女はものすごい勢いで飛び上がった。それからふりむいてもう一度飛び上がる。

編み込みを作って上半分をまとめたふわふわの茶色の髪が、その拍子に勢いよく揺れた。

「王子様！」

「うん、おうじさま」

テティウスの顔を見て、それから両手で口を押さえる。大きな茶色の目を丸く見開いた彼女は、するすると近寄ってきたかと思ったら、テティウスの耳元で囁いた。

「王子様、隠れてるの？」

「うん」

「一緒ね。私、イヴェリア・スピラーと申します」

ひそひそ声ながらも、しっかりと挨拶してくれる。

招待客のリストは事前にもらっていたので、彼女がスピラー伯爵家の娘であるということがすぐにわかった。

「イヴェリュア——ごめん、いえないや」

「イヴって呼んでくださいな。パパとママ——間違えちゃった。お父様とお母様はそう呼ぶの。お兄様も、あと、お友達もよ」

「イヴちゃんはどうしてここにいるの？」

「人がいっぱいいるから怖くて」

「わかりゅ。ぼくもそう」

テティウスにお茶やお菓子をやたら差し出す女の子達は怖いし、うかつに近寄ったらテティウスを壊してしまうのではないかと怖がっている男の子達には申し訳ない。

そんなことを考えていたら、あの場にとどまり続けるのは無理だった。

イヴェリアが眺めていたのは花壇だった。ケイトウ、キンギョソウ、パンジー等、様々な花が植えられている。

「どうしてかだんみてたの？」

「うちの花壇と違うなーと思って」

イヴェリアは、今日は領地から来たそうだ。

彼女の領地はここからいくらか南の方にあり、まだ秋になったばかりという頃合いなのだそうだ。そのため、まだ夏の花が残っているらしい。

「もうすぐお祭りがあるの。楽しみ」

にこにことしているイヴェリアは、たしかに祭りを楽しみにしている様子だ。

「どんなおまつりなの？」

「えっとねぇ……」

イヴェリアの説明によれば、スピラー領のお祭りは、実りの秋に感謝するためのものなのだとか。大きな山車が出て、そこには今年収穫された作物が山のように積まれるのだという。

その山車が街を練り歩き、街の中央にある一番大きな広場で山車によって運ばれた肉や野菜が調理され、その場に居合わせた人々にふるまわれる。

料金はとらず無料で配っているのだが、豊穣の女神――アスタナとは別の女神――に捧げる機会ということもあり、募金箱に皆いくらか入れていくのが暗黙の了解だ。

そこに寄付された金銭は、領内の貧しい者達を助けるための財源として使われているのだとか。

（へぇ、考えてはいるんだなぁ……）

テティウスが、この世界に来てから知ったのは、前世のような福祉は整っていないということ。この国は豊かだから大丈夫だとは聞いているのだが……おそらく、民の助け合い精神に支えられている面も大きいのだろう。

（そこは早めに何とかしたいんだけどな）

前世の記憶では、その日の食べ物に事欠く人間というのは身近には存在しなかった。

すべての困っている人に必要なものが行き届いているとは言いきれないかもしれないけれど、行政によってそれなりに福祉制度が整えられていたというのも、その理由だろう。

けれど、この国では制度として整えられているわけではない。

親のない子供達を養育している施設や、怪我や病気で働けなくなった人を保護する施設はあるそうだけれど、多くは貴族や裕福な者からの寄付金によって成り立っていたはず。

それはともかくとして、秋の祭りなんて楽しそうだ。王都以外の領地ならば、きっと、違った文化があるのだろう。

「いってみたいなぁ……」

「殿下、来る？」

首をかしげてたずねてくるイヴェリアはとても愛らしかった。つい、妹にするように頭を撫で撫でとしてしまう。

真っ赤になったのを見て、失敗したと思った。頭の中は大人でも、この身体は子供だし、そもそもイヴェリアとは同じ年だった。

「イヴちゃん、そろそろいこ」

お花の観察もいいけれど、今日はテティウスの誕生日。

主役であるテティウスが、いつまでもここに隠れているわけにもいかないし、イヴェリアにも今日の催し物を楽しんでほしい。

イヴェリアの手を引き、両親のいるところに向かう。

「あら、お友達ができたの？」

「イヴちゃん。スピラーはくしゃくけのイヴちゃんです。かあさま」

「イ……イヴェリア・スピラーと申しましゅっ！」

慌てて挨拶するものの、慌てすぎたために思いきり噛んでしまったイヴェリアは、気の毒なぐらいに真っ赤になってしまった。

泣きそうな顔になっているので、連れてきたテティウスの方が焦った。

テティウスが噛むのは毎度のことなので、いつからか「しかたないなー」ぐらいになっていたのである。

「イヴェリア嬢、よく来てくださったわね。ご挨拶もとっても上手よ？　ね、テティウスもそう思うでしょう？」

「はいっ、かあさま！　ぼくよりずっとじょうずです！」

今のテティウスがそれなりにしっかり話すことができているのは、前世で二十四年生きてきたという前提条件があるからである。

前世の記憶を持たずに生まれてきたとしたら、イヴェリアのようにきちんと話ができたとは思えない。

少なくとも、前世の優人が同じ状況に置かれたとしたら、もじもじとしてしまって言葉が出てこなかった自信がある。

「そうか、もう友達ができたのか。イヴェリア嬢、テティウスをよろしく頼むよ」

「はい……国王陛きゃ」

また、噛んだ。

両親に引き合わせたのは、イヴェリアとの話が楽しかったからだけれど、前世で友人を紹介するのと同じように考えていたのは失敗だったかもしれない。

「テティ、こんなところにいたのか。僕の友人の弟だよ。侯爵家の子息ガイス君。テティと同じ年だよ」

「ぼく、テティウス、よろしくね」

ゼファルスが連れてきたのは、黒髪の大柄な少年だった。

同じ五歳の子を連れてきたというけれど、テティウスより頭ひとつほど大きい。テティウスが年齢のわりに小柄だということをのぞいても、彼は年齢のわりに体格がしっかりしているようだ。

「俺、剣が得意なんだ。テティウス殿下は？」

「ぼくはまだもったこともないよぉ」

何せ、体格は二歳児と大差ないのだ。剣をもったところで、剣を振り回すのではなく、剣に振り回されるのが落ちだろう。

「じゃあ、俺も。友達の弟のラルゴだ」

「僕は、剣の稽古を始めたところです。テティウス殿下――いずれは立派な魔法使いになります」

アクィラも友人の弟を連れてくる。

ラルゴは、年相応の身長だと思う。だが、ほっそりとしていて、腕なんて今にも折れてしまいそうなほどに細い。こんな細い腕で剣を持っても大丈夫なんだろうか。

「けん、おもくない？」

「すごく重いです、殿下――でも、父上は、剣も使えないと立派な魔術師にはなれないって」

「え、そうなの？」

ちらり、とゼファルスの方に目を向ける。

そういえば、ゼファルスは魔術の方が得意だと言っていたけれど、剣術も頑張っていた。もしやあれか。魔術を扱うには身体の方も丈夫じゃないといけないというのを貴族らしく「剣が上手じゃないとだめ」って言ってるんだろうか。

「友人の妹のミリア嬢」

「それから、こちらは、トール君とマーガレット嬢。トール君は六歳、マーガレット嬢は四歳の兄妹よ」

ヘスティアとユスティナも、友人の弟妹を連れてきてくれる。

今の段階では、未来の側近候補というより、単に仲良くできそうな子達を連れてきてくれたというだけの話なのだろう。

（……うん、こういうのも悪くないな）

他の子達とは少し離れたところで鬼ごっこを始める。

子供の身体に引きずられているのか、走り回っているだけなのにやけに楽しい。

『なんで、急におじいちゃん目線になっているのよ』

（せめて、お兄ちゃん目線って言って！）

子猫の姿になったナビーシャが、足元をうろうろしながら、テティウスを見上げてくる。

たしかに、「小さな子は可愛いな」とは思っていたけれど、おじいちゃん目線はあんまりだ。

「テティウス殿下、その子は？」

「ぼくのつばさねこ。ナビ子しゃんってよんで」

「……変わった名前ね、殿下」

こちらの方に逃げてきたイヴェリアが、足元をうろうろしている黒猫に目を留めた。翼猫は魔物ではあるけれど、愛玩動物として扱われることの方が多い。

テティウスの側に、翼猫がいるのをイヴェリアも不思議には思わなかったようだった。

「失礼ね！　ナビーシャ・ビビエッタ・コレリーよ！」

「しゃべった！」

「ナビ子しゃん、とくべつなつばさねこなんだって」

「すごいわ、ナビ子さん！」

ナビーシャは、翼猫の中でも、特別な個体ということになっている。言葉を発したとしても、「なくはないだろう」ですまされる範囲である。

「テティウス殿下、それ何？」

「それじゃなくてナビ子しゃんだよっ！」

先ほど紹介されたガイスとラルゴがやってくる。ふたりに揃って見つめられ、ナビーシャは尾をピンと跳ね上げた。身体を大きく見せるように全体を膨らませる。

「ナビーシャだって言ってるでしょ！」

「ちっちゃ！」

「可愛いな、こいつ！」

頭、背中と、男の子達の手がナビーシャの身体を撫で回す。

『テティ！　アンタ見てないでどうにかしなさいよっ！』

（だって、ナビ子さんごろごろ言ってるし）

『はっ、不覚……！』

男の子達の手は、想定外なほどに優しい。喉をゴロゴロ言わせてしまい、ナビーシャは敗北を宣言したのだった。

＊　＊　＊

兄姉が引き合わせてくれた子供達のうち、特に仲良くなったのはガイスとラルゴだった。

他に引き合わせてもらった子供達もいい子達ではあったけれど、こちらの身分に気後れしてしまっていたり、本人はともかく背後に親の野望が見え隠れしてしまったりで、テティウスとしてはそこまで親交を深めたいという気にはならなかったのだ。

そして、一番仲良くなったのは花壇で出会ったイヴェリアである。

テティウスの誕生日からひと月が過ぎようかという頃。王族一家は、スピラー伯爵領を訪れることになった。

「スピラー領の祭りを訪れるのは何年ぶりだったかな？」

「結婚した直後が最後だったと思うから……皆で行くのは初めてね」

王家の立派な馬車には、子供達五人と両親が乗っている。それと、テティウスに同行してきたナビーシャも。別の馬車には、使用人達が乗っている。

「ナビ子さん。馬車酔いしてないかしら？」

「アタシを誰だと思っているの？　神獣よ？　馬車ぐらいで酔うものですか」

母が気を遣うけれど、ナビーシャはツンとして返す。どうも気位の高いところがあるようで、人に気遣われるのは苦手らしい。

「お父様、見て！　すごいわ！」

「金の飾り……あれ、錬金術」

ヘスティアとユスティナは、馬車の窓に張り付くようにして外を見ていた。もうすでにスピラー領に入っていて、中でも中心にある「エストナ」という街を馬車は走っているところだ。

この街は、領主の館がある場所で、イヴェリアとその家族はこの街で生活している。

双子が窓の外の景色に夢中になるのも道理で、豊穣の女神を迎える時にふさわしく、街は華やかに飾り立てられていた。

どの家の窓も、綺麗な花と金色の女神像で飾られている。女神像の他に、金色のリボンや、野菜や果物を模した金色の飾り物が置かれている家もあった。

あの金色の飾り物は当然本物の金で作られているわけではなく、本物の金に限りなく近い輝きを持つように錬金術で作られた特別な素材が作られているのだとか。

見た目は本物の金だけれど、重さをほとんど感じないから、手に持ってみればすぐにわかる。安価に流通していて、庶民でも比較的手に入れやすいのだという。

「あれ、作れるようになりたい」

「ヘスならすぐに作れるようになるわよ！　私が保証するわ！」

ヘスティアの錬金術は、年齢の割には優れている。だが、まだまだ修業中ということもあり、飾り物に使われている素材を作るのにはまだ腕が足りないらしい。

「ユスがそう言ってくれるなら、安心」

「当然よ！　ヘスのいいところは私が一番知っているんだから」

姉妹がふたりの世界に入り込んでしまったので、今度は兄達の方に目を向ける。

馬車の中で酔わないのか心配になってしまうが、ゼファルスは膝の上に立派な革表紙の本を広げて読んでいた。

早朝に起き出して剣術の訓練をしてから馬車に乗り込んだアクィラは、早起きの結果か今はすっかり眠り込んでしまっている。

「テティ、僕の顔に何かついてる？」

「ゼフにいさま、きもちわるくない？」

「ああ、馬車酔い？　大丈夫だよ。そうならないように、事前に魔術をかけているから」

馬車に酔いにくくなる魔術があるなんて知らなかった。この世界には知らなかったことがたくさんあるなと思いながら、テティウスは「そうなの」とうなずいた。

「ナビ子しゃんも、ゼフにいさまみたいなまじゅちゅかけてるの？」

「かけてないわよ。そもそもアタシは酔わないから」

テティウスの隣に座を占めたナビーシャの背中に手を置く。もふもふとした柔らかな毛並み。いつまでもいつまでも撫でられそうだ。

そうしている間に、馬車はスピラー伯爵家の前に到着していた。父が最初に馬車を降りると、集まっている人達の歓声が聞こえてくる。

そういえば、国王がこの地を訪れるのは十何年ぶりだとかいう話を先ほど馬車の中でしていたっけ。

それからテティウスの手を引いた母とナビーシャ、双子、と続いて馬車を降りた。

後ろを振り返れば、先ほどまで居眠りしていたとは思えないほどしゃっきりした顔で降りてきたのはアクィラだ。ゼファルスが続いて、ここに国王一家勢ぞろいである。

「陛下、お越しいただきまして誠にありがとう存じます」

「よい。この祭りを私も家族も楽しみにしていたのだ。イヴェリア嬢」

「ひゃいっ！」

スピラー伯爵は、父よりは少し上、四十歳ぐらいに見える。

少し癖のある茶色の髪をきっちり整え、濃い緑の衣服に身を包んでいた。

側にいる夫人もまた、同じ色のドレスを身に着けている。目立つような美人というわけではないけれど、優しそうな雰囲気を持っている女性だった。心から歓迎しているという笑みに、思わずテティウスも笑みを浮かべてしまう。

イヴェリアは、今日は両親とお揃いの衣服を身に着けていた。彼女の側には、ゼファルスと同じぐらいに見える年齢の男の子がいる。

たぶん、彼はイヴェリアの兄なのだろう。兄がいると、誕生日会の時に聞いた記憶がある。

たしか、名前はデクランだったか。

伯爵家の皆が、国王一家を歓待してくれる。

その日の夜は、伯爵家で晩餐会に招待され、和やかな時間を過ごすことになった。テーブルに並んでいるのは、この地の特産品が中心である。

一晩ゆっくり休んだら、朝食後に祭り見物に行くことになった。

国王一家の訪問とあり、伯爵家でも気を使ってくれているようだ。

子供達もそれなりに――さすがに護衛をまったくつけないというわけにはいかない――自由に動き回れるように、私服の騎士を街中に配備してくれたそうだ。

それに、王宮から連れてきた護衛も加わり、王家の人々の警護もばっちりである。

――例外はいるのだけれど。

「イヴちゃん、いこ！」

「アタシも連れて行きなさいっ！」

例外として、テティウスのすぐ側で守る護衛は、ナビーシャにほぼお任せだ。護衛は少し離れ、子供達から見えないところにいる。

テティウスの肩の上に、ひょいとナビーシャが飛び乗る。

テティウスと同じ速さで歩くのは、今の大きさのナビーシャには難しい。イヴェリアと手を繋ぎ、あとからついてくる護衛と共に街に繰り出した。

伯爵邸の前の広場には、ずらりと山車が並んでいる。最初に向かったのは、大量の野菜が積まれた山車のところだった。

「しゅごいねぇ……」

「今年は、豊作だったってお父様が言ってたの」

「うん、わかるよ」

山車には、様々な野菜が山盛りにされていた。

秋に収穫されない野菜も載せられているのは、保存魔術をかけられた倉庫で保管されていた品だろう。保存魔術をかけられた箱の中身は、ある程度劣化しないでもつそうだ。

伯爵が祭りの開始を宣言し、山車がゆっくりと動き始める。テティウスは、イヴェリアと手を繋いだまま、山車のあとを追って歩く。

華やかに飾りつけられた山車と共に、音楽隊が練り歩く。花吹雪を散らす者、音楽に合わせて踊る者。にぎやかで楽しそうだ。

子供も大人も山車を追いかけて走り、道の両側では、今日をかきいれ時と見込んだ者達が、露店を広げている。

「……いいにおいがする」

「あっちで、お菓子を焼いているの。殿下、半分こしましょ。お祭りの時は、いろいろ食べたいでしょう?」

テティウスの鼻がとらえたのは、甘い香り。小麦粉で作った生地を、鉄板の上で焼いたお菓子。焼きドーナツみたいなものだろうか。チョコレートやアイシングがかけられていたり、シロップがたっぷりかけられていたりで、見た目にも楽しい品だ。

「あの屋台のものは食べても大丈夫よ。ふたりとも、食べる？」

「たべる！」

「私も食べるわ！」

万が一、身体に悪いものが入っていたら問題となるため、テティウスの肩の上から、ナビーシャが屋台の品を鑑定してくれた。

「ぼく、チョコレートがかかっているの」

「私は、ピンクのアイシングがかかっているのにするわ！」

テティウスとイヴェリアは、それぞれ一袋ずつ焼きドーナツを買い求める。上にかけられているものの種類が違うから、半分ずつ取り換えて食べるつもりだ。

「アタシにもよこしなさいな！」

「もちろん！　ナビ子しゃんのぶんもかったんだからね」

「ナビ子さんも、どうぞ」

テティウスとイヴェリアからドーナツを半分ずつ分けてもらい、ナビーシャは満足そうに前足で髭を撫でつけた。

ナビーシャに半分渡したのは、一人前食べてしまうとお腹が一杯になるからだ。さらに、テティウスとイヴェリアは半分ずつ取り換えて、皆で分け合って食べる。

半分しか食べなかったけれど、朝食はきちんと食べたので、小さな身体はお腹いっぱいだ。

再び手を繋いで歩き始めた時には、もう街の中央にある広場に到着していた。

すでに山車は到着していて、その周りで街の人達が楽しそうに踊っている。

軽やかな音楽に、テティウスの足もそわそわと動き始める。イヴェリアと一緒に踊りながら、広場中をくるくると回る。小さな子供達が踊っている様子に、周囲からは微笑ましい目が向けられた。

イヴェリアのことは領主家のお嬢様として知っている人も多い。「イヴェリア様！」「お嬢様！」と声をかけられる度に、イヴェリアは満面の笑みで手を振った。

そうしながら、広場の端まで来た時——少し離れたところから悲鳴が聞こえてきた。そちらに目をやれば、慌てたように走り去る子供が見える。

「イヴちゃんをお願いっ！」

駆けつけてきた伯爵家の護衛にイヴェリアを託す。テティウスが悲鳴の方に走ろうとしたら、伯爵家の護衛が素早くテティウスを抱え上げた。

「殿下も避難を！」

「ぼくあっちにいかないと！」

「アタシとテティが行く！　アンタ達はついてきなさいな！」

ナビーシャがすかさず護衛の腕に爪を立て、手が緩んだすきにテティウスは飛び降りた。

「きしさん、ごめんね！」

『ここで大きくならない方がいいだろうから、アタシが魔術で手伝うからね！』

「わあ！」

ナビーシャが肉体強化の魔術をかけてくれたので、いつもの何倍も速く走れる。

ナビーシャを肩に乗せたまま、テティウスは走り続けた。慌てた護衛が再びテティウスをすくい上げようとするのをひょいとかわして、逃げた子供を追いかける。

広場を出て裏路地に向かおうとすると、ようやく追いついた。十歳ぐらいだろうか、子供だ。

「きしさん、そのこつかまえてっ！」

「かしこまりました！」

テティウスを追いかけた騎士が、子供に手を伸ばす。振り返った子供は、地面に何か叩きつけた。

そこでボンッと煙が上がる。

「うわ、何だこれはっ！　目に染みる！」

有毒なガスか何かが煙にまぎれていたらしく、その場は大騒ぎになった。煙に巻き込まれて、痛みを訴える者、逃げ出そうとする者。あたりは瞬時に騒然となった。

「えーい、静かになさーい！」

ナビーシャの大声と共に、煙がパッと消えた。煙にまぎれたのか、子供はすでにこの場を立ち去っている。取り逃がしてしまったらしい。

「おみじゅあげる。めをあらって」

テティウスがその場で出した水で、被害者達の顔を洗う。痛みがなくなったところで、その場は一応の落ち着きを取り戻した。

「まったく、楽しいお祭りを台無しにしてくれちゃって」

あの子供はスリで、財布を奪われたそうだ。気づいて追いかけようとしたところ、目の痛くなる煙を発生させられたらしい。

「ナビ子しゃん、あのこのいばしょわかる？」

「ふふん、アタシを誰だと思ってるの？　バッチリ印はつけといたわよ。相手が魔術師だったら厄介だけど、子供なら楽勝ね！　自分が魔術をかけられたことさえ気が付いていないわ」

ナビーシャは、通りすがりに、あの子供に魔術をかけていた。事前に目印をつけておけば、どこにいても居所がわかる魔術だ。

それはもともとこの世界には存在しなかった魔術だ。迷宮事故に巻き込まれたあと、前世の知識をもとに、ナビーシャと優人としての記憶を持つテティウスで開発した。

家族全員にかけてあって、万が一誰かが誘拐されるようなことがあれば、すぐに居場所がわかるよう目印をつけてある。

テティウスとナビーシャは地図がなくてもわかるが、それ以外の人は、父に預けてある地図に魔力を流せば、居場所が地図に示されるように作られている。

「じゃあ、あとでゆっくりいってみようね」

追跡はあとにして広場に戻ったら、しょんぼりとしたイヴェリアが出迎えてくれた。

「イヴちゃん、だいじょうぶ?」

「うん。でも、ごめんなさい。せっかく遊びに来てくれたのに……」

「ぼくはたのしかったよ。おまつりのつづきをみにいこ!」

改めて誘うと、イヴェリアはにっこりとしてくれた。遊びに行く前に、町の警備兵と話をする。

「どうやら、裏町の子供の仕業のようですね。前は、あんな悪知恵は働かせなかったんですが……」

テティウスが王族なので、子供が相手でも丁寧な口調である。

きちんとした対応をとってくれることに安心していたら、スピラー伯爵が大慌てでこちらに走ってくるのが見えた。

「殿下、ご無事ですか!　イヴェリア!　大丈夫か!」

「はくしゃく。ぼくもイヴちゃんもだいじょうぶだよ?　あのきししゃん、おこらないであげて。ぼくをかばって、めがいたくなったの」

「……寛大なお言葉、ありがとうございます、殿下」

その場に膝をついた伯爵は、膝をつくだけではなく、その場に平伏しそうな勢いで、謝罪の言葉を繰り返す。

この場で責め立てたいわけではなかったから、テティウスは立ち上がるよう彼を促した。

「ありがとうございます、殿下！　ありがとうございます……！」

たぶん、テティウスのこの行動は、王族としては限りなく寛大に近い対応なのだろう。

だが、あの騎士がテティウスをかばってくれたのは事実。彼は自分の仕事をおろそかにすることなどなかった。

イヴェリアもテティウスも無事だったのだし、これ以上何か言う必要もない。

「あー、こんなところにいたのかあ。テティ達の方、大騒ぎだったんだって？」

他の場所を見学に行っていたアクィラがこちらに来る。彼は、この場での騒ぎについて、あまり気にしてはいない様子だった。

「アキにいさま、だいじょうぶよ。ぼくもイヴちゃんもけがはしてない」

「ならいいんだ。そこの騎士、弟を守ってくれてありがとうな」

アクィラも、騎士を責めるつもりはないらしい。

王族を狙った事件ではないだろうということにはなったけれど、広場で調理をする光景の見学については見送られることになった。

王族に万が一のことがあっては困る。

伯爵のその判断を、王家の子供達も文句なく受け入れた。

駄々をこねるのを一番懸念されていたのはテティウスだろうが、そもそもテティウスがそうした方が安心安全だと思っているので、駄々はこねない。

伯爵家の人間がそう判断したのを、テティウスがひっくり返す必要はまったく感じられなかった。テティウス本人がどう行動するかは別問題だけれど。


夕食を終えれば、子供達はもうおねむの時間である。

疲れたと早めに寝室に引き上げたテティウスは、大きくなったナビーシャの背中に乗った。

「ナビ子しゃんがいてくれるからあんしんだねぇ」

「当然でしょ？　アタシは最強なんだから。じゃあ、行くわよ！」

「おー！」

バルコニーに出て、そこからふわりと空に舞い上がる。暗闇の中に、ナビーシャの黒い毛皮は消え失せてしまった。下から見ても、ナビーシャの存在に気づく者はきっといない。

「こっちね！」

「やっぱうらまちかぁ。うらまちのこっていってたもんね」

一瞬のことだったけれど、テティウスの目は見逃さなかった。粗末な身なり、だいぶ冷え込んできているというのに、靴すら履いていない素足。

人の財布を盗まなければやっていけないのだろう――見て見ぬふりはできなかった。

「……どうするつもり？」

（見てみないとわからないな。スピラー伯爵の失策にするわけにもいかないんだろうし……もう少し大人だったら、皆、僕の話を聞いてくれたんだろうけどさ）

ナビーシャとの会話に限れば、声に出すよりも脳内で思い浮かべた方がずっと早い。けれど、テティウスは気づいていなかった。一人称が「俺」から「僕」に変化していることに。

前世の優人が、テティウスの身体に馴染んできたということでもあるのだろう、きっと。

「……ここね」

ふわりとナビーシャが降り立ったのは、それなりに立派な教会の側だった。いや、立派だったのは、過去のことなのだろう。

広い敷地を囲む塀は崩れているし、敷地内にはゴミがあちこち積み上げられている。

草はぼうぼうで、今にもお化けが出てきそうな雰囲気だ。

教会に付属している建物には、二か所、明かりがついていた。ナビーシャはふわりと扉の前に降り立つと、前足を上げて扉を叩いた。

中の人が出てくる前に、テティウスはするりと背中から滑り降りる。

「はーい、今行きますね」

姿を見せたのは、修道女の衣服に身を包んだ年配の女性だった。五十代、六十代だろうか。

優しそうな目で、テティウスを見下ろしていた。

「あら……あなた、どうしてここに来たの？」

女性が出てきた時には、ナビーシャは小さくなっていた。テティウスの肩の上に乗って、尾をゆらゆらと揺らしている。

「おさいふとられたひとがいるから、かえしてくれないかな？」

にっこりとしてテティウスが言うと、女性は青ざめた。

「……まさか！」

ぱっと奥に駆け込む。彼女のあとをテティウスはとてとてとついて行った。

「ミケル！　こっちに来なさい……あなた、市場で仕事をしてきたんじゃなかったの？」

女性に呼ばれ出てきたのは、テティウスには見覚えのある少年だった。こうしてみると、やはり十代前半というところだろうか。若いというより幼い。

「……野菜を持って帰ってきたの。少し多いとは思ったけど、お祭りだからおまけをしてくれたのだとばかり……ミケル、財布をお出しなさい」

「……俺は、皆、腹を空かせているから……！」

ミケルと呼ばれた少年は、強く唇を噛み締めていた。

（……気持ちはわかるけど）

目の前に食べるものが山のようにあるのに、手を出すことができない。育ち盛りの子供にとって、それがどれだけつらいことか。

「……ええと、せんせい？」

「院長と呼んでちょうだい。ああ、どうしましょう。こんな小さな子の財布を奪うなんて」

「とられたのは、ぼくじゃないけど」

事情を説明しようにも、どこまで通じるか……だが、ナビーシャに話させるわけにはいかないし、ここはひとつ、自分で頑張るしかないか。

「あのね、ぼくたちがひろばにいたら、こえがきこえたの。きししゃんにミケルがぶつかって、けむりがボーンってなったの。けむりがめにはいったひとは、みんないたいっていってたよ」

「ああ、何てこと。私の力が及ばなかったばかりに……」

「だって、このままじゃ飢え死にするしかないだろ？　今日だって、充分いきわたっているとは……」

「あーうー。それきいちゃったら、ぼくもあまりえらそうなこといえないんだけどさ」

よっこらせっとテティウスは収納魔術の中から食料を取り出した。

迷宮の奥から脱出したあと、もう一度いろいろな食料をため込んできたのだ。収納魔術の中に入れておけば、傷むこともない。

収納できる量も少しずつ増えていて、テティウスひとりなら三か月分ぐらいの食料を貯めこんでいる。

「ちゅーぼー、かして」

「お人よしぃ」

「猫がしゃべった！」

叱られてしゅんとしていたミケルが、驚いたようにナビーシャを見る。

「ふふん、ナビーシャ・ビビエッタ・コレリー様とお呼びなさい！」

「ナビ子しゃん。それはいいから、レシピおしえて」

「まったく、アタシがいないと料理もできないのね！」

「こっちのせかいにネットレシピはないからね」

テティウスが取り出したのは、オートミールであった。その他に肉の塊やら、野菜やらを取り出す。

「な、何だよ……肉の塊って……って言うか、どこから出したんだよ！」

「ぼく、てんさいまじゅちゅし。すごいでしょ。それよりちゅーぼーにつれていって」

ここは、子供達を保護している施設であろうことは見ればわかった。テーブルに並ぶのは、少しだけ具の入ったスープと、硬そうなパン。十人近くの子供達がいたけれど、皆、疲れた顔をしている。

（……子供にあんな顔をさせちゃだめだろ）

厨房の設備は古かった。竈に残っていた火をミケルにもう一度大きくさせている間に、野菜を刻む。ベーコンを鍋に放り込んで香りを移す。肉を薄くスライスして鍋に入れ、刻んだ野菜も入れたらあとは煮込む。ことこと煮込む。

具材に火が通ったら、今度はそこにオートミールを入れる。塩で味を調えれば、オートミール雑炊の完成だ。

「あ、たまごわすれた」

最後に溶き卵を流し入れれば、今度こそ完成。

収納魔術には、他の食材も入っているけれど、今はこのぐらいの方が食べやすいだろう。

煮込んでいる間に、厨房にはいい香りが漂い始めた。子供達が入れ替わり立ち替わり、厨房を覗き込んでいる。

「いんちょうせんせい、これ、みんなでたべて。それから、ミケルはたべながらぼくとおはなちして」

「……ええ」

目の前で、どんどん調理される食材に茫然となっていた院長は、ようやく気を取り直したようだった。子供達を呼び集め、追加された食事をテーブルに出す。

「……美味しい！」

「やわらかくなるまでにたけど、よくかんでたべてね」

子供達にそう話しかけておいて、ミケルを連れて厨房の隅に行く。椅子を三つ並べて、真ん中にミケルの分の雑炊をのせ、隣にちょこんと座った。

院長が慌てて追いかけてきた。

「子供達が盗みをするのは、私の責任です。どうか、罰は私に……」

「あのね、いんちょうせんせい。あなたはそういうけど、ぬすみをしたのはミケルにゃ、にゃ、なの……でも、そこまでおいこまれるのはりょーしゅのせきにん。わかゆ？」

ああ、大事な場面だというのに舌が回っていない。噛んだ。

だが、ここは気づいていないふりを貫くのだ。気づいていなければ、何もなかったことにできる。

「……ですが」

「ミケル。あしたのあさ、はくしゃくけにじしゅして。ぼく、そこにとまってるから。こなかったら、どうなるかわかっているよね？」

じぃっと睨みつけてやると、ミケルはうつむいた。少し、脅しすぎてしまったかもしれないが、いくら貧しいからと言って盗みで解決するのはよろしくない。

「じゃあ、ぼくはこれで」

「あ、送ります……こんな暗い中、子供だけで帰すなんて」

「だいじょーぶ。ナビ子しゃんがいるから」

玄関の外に出たところで、大きくなったナビーシャにまたがる。

「やくそく。あした、ちゃんとはくしゃくのおやしきにきて」

これだけ念を押しておけば、ミケルも明日きちんと伯爵の屋敷に来るだろう。来なかったなら、宣言通り、こちらから迎えに行くだけのことだ。

第五章　子供達には豊かな未来を夢見る権利があるのです

ふああ、と大きなあくびをする。昨日は、こっそり出かけた上に夜更かししたので、ちょっぴり寝不足だ。

「どうした？　朝から眠そうだな」

「うん。ちょっとおちゅかれ」

父が頭を撫でてくれる。

まだ眠いが、少ししゃっきりしてきた。これなら問題ないだろう。

「伯爵様、子供の保護施設の院長が面会を求めておりますが……」

食事が終わったら、街の見物に行こうかなんて話をしていたら、伯爵家の使用人が来客を告げた。

朝食が終わった頃合いだから、ずいぶん早い時間にやってきたみたいだ。院長が約束もせずに訪れる理由がわからないらしく、伯爵は首をかしげた。

「あ、それ、ぼくがきてっていったの」

「テティ、そういうことは先に話しておかないと」

「ごめんなさい」

「殿下のお招きですか。でしたら、応接間をお使いください」

「はくしゃくと、とうさまもはなしをきいてほしい。ナビ子しゃんもいっしょ」

伯爵と父は顔を見合わせる。

それから、子供達には、それぞれの母親の言うことをよく聞いておくようにと話をしてから父達は立ち上がった。

応接間に通された院長とミケルは、緊張した面持ちだった。

院長の衣服はアイロンをかけたようであるし、ミケルもずいぶん大きいが、昨日着ていたよりははるかにましな衣服を身に着けている。ミケルは顔色を青ざめさせながらも、毅然とこちらを見ていた。きゅっと引き結ばれた唇に、彼の決意が表れているみたいだ。

「……申し訳ございません、伯爵様。この子は盗みをしました」

「きのう、けむりだしたのこのこだよ、はくしゃく」

「……なんと！」

昨日ミケルは、財布を盗んだのだが、その中には金貨が三枚と銀貨が五枚入っていたそうだ。

市場を手伝ったぐらいで金貨を持ち帰るのは不自然だと、それは使わずに銀貨五枚だけ使って食材を買ったらしい。金貨の入ったままの財布を、院長は伯爵に差し出した。

「銀貨五枚は、何としてでもお返しいたします。ですからこの子――」

「いんちょうせんせい、ぼくきのういったでしょ？　わるいことしたのはミケルでいんちょうせんせいじゃないよ」

「……わかってる」

むっすりとした顔のままだったけれど、ミケルも口を開いた。

自分のしでかしたことが、言い訳もできない悪いことであるときちんと理解しているらしい。

「……それで、テティウスよ。ここに伯爵を呼んだのはどういう理由だ？」

「うん。ぼくね、はくしゃくもよくないとおもうの。だって、いんちょうせんせいのところでくらしているこ、ごはんがたりなくておなかすかせてた」

「しかし、市場ではふるまいを」

「はくしゃく。それはおまつりのときだけでしょ？　ふだんはどうしているの？」

「き、寄付を……」

「それだけでやっていけるとおもってる？　いんちょうせんせいのふくみてよ。ぼろぼろじゃない」

そう言われて、初めて院長の服がぼろぼろであるのに気づいた様子で、伯爵は目をみはった。清潔ではあるが、あちこち繕ったり、あて布をしたりしたものだ。アイロンもかけてあるが、もう衣服そのものが限界を迎えようとしている。

おそらく、自分の身の回りのものを削ってでも子供達に食べさせようとしてきたのだろう。それでも足りなかった結果が、昨日のミケルの犯罪だ。

「よわいひとをまもるのはきぞくのぎむ。ちがう？」

「……殿下」

「はくしゃくのりょーちのことだし、ぼくがくちだししちゃいけないんだろうけど、……ナビ子しゃんがこのままじゃだめだっていうんだ」

「えっ、アタシ？」

肩の上にいたナビーシャが驚きの声をあげる。

いや、テティウスがここに連れてきたのだから、何か役割があるのだろうということぐらいは考えておいてほしかったのだが。

「ナビ子しゃんは、かみしゃまのつかいなの。こどもがおなかをすかせるのはだめだって」

「……ですが、殿下」

「はくしゃく、さいごまできいて。ぎんかごまいはぼくがべんしょうする。ミケル、これはかしだから、ちゃんとはたらいてかえしてね」

銀貨五枚は、テティウスのお小遣いから払う。月に銀貨十枚のお小遣いをもらっているのだが、使うところがなくて貯めっぱなしなのだ。

ちなみに、銀貨十枚は、日本円に換算すると一万円分ぐらいだろうか。

どうすればいいのか、昨日ずっと頭を悩ませていたのは嘘ではない。これからもずっとテティウスが食料の支援をするのはそう難しいことではなかったけれど、それではだめだ。

「いんちょうせんせい、あのたてもののにわは、ひろいでしょ。あそこでおやさいをつくってうればいい」

「ですが、あの土地は貧しくて……肥料を買うお金もありませんし、畑にする人手も」

「さいしょぐらいはおてつだいすりゅ。ナビ子しゃんがそうしろっていうし」

「だからアタシ？」

テティウスが考えたというより、ナビーシャが神様からのお告げをくれたのだという方が間違いなく話が早く進む。

そして、テティウスは話を早く進めるためならば、多少の誇張はいいのではないかと考えるタイプだ。

「なまいきなことといってごめんね、はくしゃく。でも、ナビ子しゃんのいうことだから」

「いえ、殿下。そして、ナビーシャ様。手が回らなかったのはこちらの落ち度でございます」

子供が言うことではないなと思いながらも口にして、それから伯爵に謝罪する。だが、伯爵の方もテティウスの言葉に恥じ入ってしまったようだった。

「それで、私までここに連れてきたのは？」

「とうさま、ぼくに、はくしゃくのりょーちをえんじょするきょかをください」

領地のことならば、伯爵と話をすればいい。だが、テティウスはまだ五歳。保護者の許可が必要だ。

「完璧な事後承諾ではないか」

「でも、これがいちばんはやいでしょ」

テティウスの言葉に、父はしかたなさそうに笑った。

「こちらが口を出すのも申し訳ないが……伯爵、テティウスの望むようにしてやってくれ。財布を盗まれた者には、私からも一言添えてやろう」

父に、伯爵家の領地に口を出す許可をもらいたくて連れてきたのだが、思っていた以上にテティウスのやりたかったことをわかってくれたみたいだ。

さすが、父である。

「それで、テティ。これからどうするのだ？」

「はたけをつくりゅ。たべきれないぐらいつくるから、たべなかったぶんはかってくれるひとをさがすの」

「いえ、市場に店を出せるようにしましょう。このぐらいは……売り上げを盗まれないよう、市場の警備も強化します」

伯爵がそう申し出てくれて、テティウスはうなずいた。

それは悪くないかもしれない。子供達が金銭感覚を身につける機会にもなる。

「おねがいね」

「はい、殿下」

よかった。これで、堂々と援助できる。

保護施設をテティウス達が訪れたのはその日の昼過ぎのことだった。

観光に行く計画がつぶれてしまって、兄姉達は少し残念そうではあったけれど、テティウスが何をやるのか見たいと、一緒に施設までついてきた。

もちろん保護者の両親も、領主である伯爵家の人達も一緒だ。

「じゃー、つちまじゅちゅいっくよー！　ナビ子しゃん、よろしくっ」

「やっぱりアタシに回ってくるんじゃないのっ！」

「せいぎょはナビ子しゃんのほうがとくいでしょ。いっしょにおねがい！」

両手を合わせて拝めば、しぶしぶと言った様子で、ナビーシャは力を貸してくれた。

テティウスの肩に乗ったかと思うと、首にぐるりと巻きついてくる。

「まずは、雑草を抜きなさい」

「りょーかいっ！　ええと……こう、かな？」

脳裏に思い描いた魔術式。土がぼこぼこと掘り返され、生い茂った雑草の根本が露出する。

「次は雑草を集めて」

「……これはこう、かなぁ」

次の魔術式は、ちょっと魔力の制御が大変だ。だが、ここでナビーシャの出番である。

彼女の助けを借りて、慎重に土から雑草をとりのぞく。取り除いた雑草は、一か所にまとめて山にした。これはあとで肥料にする。

「つぎは、はたけにえいよー」

ちょっとくらりとしたのは、一気に魔力を失ったからだろうか。

テティウスの身体には、膨大な魔力があるけれど、これだけ大がかりな魔術を続けて行使したことはない。

「んー、それはテティがやってもいいけど、別の子に任せた方がいいわね。ミケル、アンタこっちに来なさい」

ナビーシャに呼ばれたミケルは、こわごわと言った様子で、進み出てきた。

「アンタ、恵まれてるわね。土魔術の素質があるから、畑の面倒みやすいわよ」

「……本当に、俺に魔術の素質があるのか？」

呼び出されたミケルは仏頂面である。もしかしたら、こうやってテティウスが援助しているのが気に入らないのかもしれない。

「アンタねえ、アタシを誰だと思ってるの？　神の使いよ、神の使い！　ほら、いいからアタシの言う通りになさい」

地面に手をつかせたミケルの肩に飛び乗ったナビーシャは、そっと背中の翼をバタバタとさせた。ナビーシャとミケルの身体が、みるみる青く光っていく。

「……うわあああっ！　痛い！　痛いってば！」

「ちょっとぐらい我慢なさいな。昨日の騎士はもっと痛かったんだからね！」

ミケルの身体から引き出されているのは、魔力。ナビーシャが魔術の制御を行い、自分の魔力の代わりにミケルの魔力を使っているのだ。

「いてて、ピリピリするって！」

「大げさねえ。角に足の小指をぶつけたぐらいの痛みでしょ」

それはそれでけっこう痛い気がするのだが。

ミケルの魔力が、敷地内に作られた畑にまんべんなく浸透していく。輝きが失われた頃には、土はすべてふかふかの上等なものに生まれ変わっていた。

「すげぇ……」

自分の両手をじっと見たミケルはつぶやいた。その身体がぐらりと揺らいで、土の上に座り込んでしまう。

「すごいな、ナビ子さん！　俺、魔力を感じることができる！」

「でしょ。だから、精進しなさいな」

次に呼ばれたのは、まだ小さな子だった。ミケルと同じように魔術を使ったけれど、痛みを訴えないのを見て、ミケルが首をかしげる。

「俺は痛かったのに」

「そりゃ、痛みを感じないようにする処置をしないで魔力を抜いたからに決まってるでしょ。アンタにはちょっとしたお仕置きが必要だわ」

ナビーシャの言葉に、ぐぅとミケルは唸ってしまった。そのぐらいのお仕置きはあってもいいと、テティウスも思う。

子供達の中から三人選んで庭を畑に作り変えると、ナビーシャはふぅと前足で額を拭った。何本もの畝《うね》が作られた立派な畑ができている。

「伯爵、アタシからのお願い。土魔術の使える人に、この子達を指導させてちょうだい。アタシが、強引に目覚めさせたから、制御の仕方を覚えないと」

「かしこまりました、ナビーシャ様」

「成長促進の魔術も覚えさせてね。そうすることで、味もよくなるし栄養価も高くなるから。時々アタシが抜き打ちで見に来るわよ」

そこからあとは、話がさくさくと進む。

まずは、畑に植えるもの。

「芋植えようぜ、芋っ！」

「ミケル、ちょっとまって。いもばかりうえるのはよくない」

芋は安価で腹持ちがよいのは利点だが、芋ばかり続けて植えると病気になりやすくなる。いくら、土地を豊かにすることのできる土魔術の使える者がいると言ってもそれではだめだ。

「にわ、いちゅちゅにわける。いものあとは、はっぱのやさい。そだてるものをぐるぐるかえて、じゅんばんにそだてる」

今の説明では、伝わりにくいだろうか。だが、テティウスが説明するのは手間取りそうだ。何せ、舌がこんなにも回っていない。

「テティが言いたいのは、この庭を五つに分けるでしょ。で、とりあえず、ここには芋。ここには豆、ここにはキャベツ、ここに大根、で、ここはお休み……みたいな感じで。収穫したら、ここにトマト、ここに芋、ここにきゅうり……みたいな形で、同じところで同じものを作らないようにするの」

ナビーシャの説明の方がよほどわかりやすい。ちょっと落ち込んだのは、ここだけの秘密だ。

「何で、休みが入るんだ？」

「土地を休ませることも必要だからよ。アンタだって夜は寝るでしょ。土地にだって、休憩が必要よ。いくら魔術があると言ってもね」

「なるほどー」

ナビーシャの説明で、ミケルは納得した様子だった。彼はぐるりと敷地内を見回す。

「……俺達の畑」

長い間黙っていたミケルは、ようやくそれだけ口にした。胸に手を当てたミケルの口元が緩んでいる。

「はくしゃく。なにうえたらいいか、かんがえてほしい」

「かしこまりました。殿下」

同じ場所で同じ作物を育て続けたら、連作障害を引き起こすことになる。

それを防ぐためには、同じ土地で同じ作物を育て続けないのがいいというのは知っていても、具体的に何を育てるべきなのかはわからない。

一応、例は挙げてみたけれど、この施設の子供達が食べる分以外は、換金しやすい作物の方がいいだろうし、それはこの土地で生活している人の方がわかるだろう。

この土地で一番偉い人がここにいるのだから、丸投げしてしまえばいい。

「あと、これはおまけ」

塀から少し離れたところに、リンゴとオレンジの木を植える。果物を収穫できるところまで、テティウスが一気に育ててやった。

甘い果物は、甘味に乏しい子供達にとってはいいおやつになるだろう。風邪を引いた時にもいい。

「……殿下、感謝いたします」

「はくしゃく。ぼく、かえったあとも、ここがどうなったかしりたいの。おてがみくれる？」

「もちろんでございます」

「あと、イヴちゃんと、あそびにいってもいーい？」

「もちろんですとも」

テティウスにできるのはここまでだ。

もっと援助しようと思えばできるけれど、これ以上はよくない。

「殿下、どこに行きたいですか？」

「イヴちゃんのいきたいところ！」

明日には伯爵領を出発して、王都に戻らなくてはならない。

イヴェリアと手を繋いで歩き始めたら、後ろから双子が追いかけてきた。

「私達も一緒に行く」

「ねえ、イヴちゃん。あとで、私とも手を繋いでくれる？　私、妹も欲しかったの！」

少し離れたところからテティウスとイヴェリアのあとを追いかけてくるヘスティアと、イヴェリアが気になってしかたのないユスティナ。

思いがけない出会いをすることにもなったけれど、初めての視察は悪くない結果に終わったとテティウスは思ったのだった。

＊　＊　＊

スピラー伯爵領から戻って数日後。王宮の広間には、長テーブルが置かれていた。上座についているのは、テティウスの父である国王ダモクレスだ。

テーブルについているのは、この国を代表する貴族達であった。窓から差し込む心地よい光とは裏腹に室内には、緊張の色が漂っている。

「では、報告を頼む」

「近頃、北方で魔物の出没件数が増えております。騎士団の派遣を要請したいのですが」

と、口を開いたのはフライダール侯爵である。彼の治める領地は、国内の東北部に位置していた。彼の領地にも魔物の被害が出ているのだろう。

「騎士団を動かすには時間がかかるな。すぐに騎士団の編成に取りかかるが、先行して冒険者組合に依頼し、冒険者を派遣した方がいいかもしれないな。費用については、捻出できるはずだ。ヴィンダール伯爵、できるか？」

「もちろんです。足りなければ、予備費を回すことにいたしましょう」

ヴィンダール伯爵の答えに、ダモクレスは満足げにうなずいた。

この国の財政は、豊かである。予備費にはまだ余裕がある。

「北方の迷宮の結界を張り直した方がよろしいかもしれません。調査の者を送ることを検討してはいただけないでしょうか」

挙手し、発言したのはスピラー伯爵。

テティウスの友人であるイヴェリアの父だ。彼の領地は、北からは距離が空いているものの、先日、テティウスが巻き込まれた迷宮変化の件が気になっているらしい。

「スピラー伯爵の提案もうなずけるものだな。調査の得意な冒険者に依頼を出そう」

「ですが、陛下。迷宮の結界は先日張り直したばかりで――」

「調査するだけなら、たいした手間ではあるまいよ。張り直しが必要な場合、その時点で対応できる者を選んでくれ」

「かしこまりました」

反対した貴族もまた、ダモクレスの言葉におとなしくなった。

たしかに、騎士団を派遣するのではなく冒険者に依頼するのであれば、そこまでの手間ではない。冒険者を雇える費用が捻出できるか否かが問題になるだけで。

そして、シルヴァリア王国に関しては、費用の捻出については心配する必要はない。

「スピラー伯爵。領地の方はどうだ？」

「おかげさまで、保護施設の子供達は元気になりました。今、他の保護施設で同じように土地を整備しているところです」

スピラー伯爵家の領地では、子供達の保護施設の敷地を、畑に転換しているところだ。

今まではそこまで考えつかなかった。いや、初めて知った。

保護している教会の人達や子供達だけでほそぼそと畑を作っている施設もあったのだが、自分達が食べていくだけでやっとだったことに、報告だけでは気づけなかった。

子供達のことは、人をやって監督させているから問題ないという認識だった。報告書を見ても不正は感じ取れなかった。

それは、スピラー伯爵も同じだったのだろう。

だが、実際に自分の目で見てみると、それが大きな間違いであったことを思い知らされる。

子供達のところには、必要な物資が充分に行き届いているとは言い難かった。

それに、連作障害についての知識を持たない者も多かった。最初にテティウスが面倒を見た領都の施設では、早くも間引きした葉物野菜をスープに入れて食べられるところまで来たらしい。

王都の保護施設では、敷地が狭いために畑を作るわけにはいかない。子供達のための費用に、王家の私財を投入して、今、それぞれの施設の改良をしているところだ。

(神の寵愛を受けているというのは、間違いではないのだろうな)

解消する道筋を提案してくれたのはテティウスだった。大切な息子。

まだ、五歳になったばかりだというのに、必要以上の支援はためにならないからと、手を出す範囲を制限する賢さも持ち合わせている。

その他にいくつかの議題を話し終えると、ダモクレスは立ち上がった。今日はこれから、他国の使者と面会の予定が入っている。子供達の様子を見に行きたいところではあるけれど、国王には国王の勤めがあるのだ。

廊下を歩いていると、誰かの話している声が聞こえてきた。

「スピラー伯爵はうまいことやったな」

「ご令嬢と殿下だろう？　殿下のお気に召したとかで、秋の祭りに殿下をご招待したそうだ」

「殿下は魔力が豊富らしいぞ。その分、今は小柄でいらっしゃるが……」

「王位からは遠いところにいらっしゃるからな。婿入りしていただけるかもしれん」

なかなか成長しなかったことに不安を覚える者もいたからだが、テティウスの能力については、ある程度のことは公開してある。

子供達の縁談なんて、まだ先の話だというのに、別の心配を引き寄せることになってしまっただろうか。

（テティの本当の能力については、隠しておいた方がよさそうだ）

とはいえ、それが難しいであろうこともわかっている。

テティウスの能力がどこまで優れているのか、ダモクレスもまだ完全に把握できているわけではない。テティウス本人もそうだろう。

ナビーシャが神獣であるということも、どこまで広まっているのやら。一応内緒にしていたはずが、テティウスが自重しないのでどんどん広まっていく。

（テティの縁談については、十五歳を過ぎるまで決めないとしておくか）

その頃には、彼の気持ちも、ある程度見えてくるだろう。子供達全員、決めるのは十五を過ぎてからにした方がいいかもしれない。

ふと、そんな気持ちになった。

＊＊＊

王宮を流星の追跡者達が訪れたのは、そんな会議が行われた二日後のことであった。依頼が終わったので、土産話をするために来てくれたのである。もっとも、戻ってきたと思ったら、すぐに出発するそうだ。

西の迷宮を探検してきた話を聞きながら、子供達はおやつの時間。客人である冒険者達にも同じものがふるまわれた。

客人に出されたのはクッキーである。礼儀作法に詳しくない冒険者なら、ナイフとフォークを使う菓子ではなく、手で食べられる菓子の方が気楽ではないかと思ったのだ。

「……こんなに上等のお菓子をいただいたのは、久しぶりだな」

と、苦笑したのはパーティーの槍使いレナータである。彼女は、元は貴族。かつては、「令嬢」として王宮に出入りできる身分であったらしい。

没落してしまった理由についてテティウスは知らないし、本人が話そうという気にならない限り掘り返さない方がいいと思っている。それは、冒険者達にとっては、暗黙の了解でもあるからだ。

「レナータ、おかし、もっていく？　たびのとちゅう、あまいものはだいじ」

「よく知っているな、殿下。けれど、大丈夫だよ。旅の途中に食べるなら、ドライフルーツの方がいいんだ」

「こなごなになるから？」

「クッキーを食べると、水分が欲しくなるだろう。だから、殿下に土産話をしに来た時にいただくよ」

「またきて」

大人になったら、冒険者になるのもいいかもしれないなんて考えたこともあるけれど、ちょっと難しいかもしれない。

(今の僕は、王子様だもんな……)

以前ネレアから誘いは受けたが、王子が冒険者になるのは厳しそうだ。

けれど、もう少し成長したら、父の許可を得て外の世界を見に行きたいと思っている。

そのためには、もっともっと強くならなくては。

むんっと拳を握りしめてみるけれど、悲しいほどにぷよぷよである。

「レナータの言う通りだな。また、土産話をしに来るよ。俺達の大冒険、殿下も楽しみにしてくれているんだろ？」

「うん」

セリオンの言葉には、にっこりとする。意外とセリオンは、自分の冒険譚を語るのは上手だった。手に汗を握るというのはこのことを言うのだろう。

側にいた侍従に書き留めてもらったから、あとで一冊の本にしてもらうつもりだ。兄や姉達と読むのも楽しそうだ。

「皆、気をつけて行ってきてね。北の方は、今、魔物の出現数が増えていると聞くから」

「ゼファルス殿下、感謝する。だが、俺達の仕事は、その魔物を退治することだからな」

と、今日も神官服に身を包んだザイオス。今回の依頼は、彼が中心となって進めるらしい。

（……まあ、彼らなら大丈夫だとは思うんだけど）

一回迷宮の奥に飛ばされてしまった時――流星の追跡者達と行動を共にする機会があった。

彼らは三級冒険者であり、まだまだ学ばねばならないことも多いらしいが、有能な冒険者達である。

決して無理はしない。自分達の能力を過剰に評価することもない。

彼らなら、依頼をやり遂げて戻ってくる可能性はとても高い。

「テティが、君達のことが大好きなんだ。俺達だって、そう――冒険者の話を聞く機会ってなかなかないしな」

アクィラも、流星の追跡者達のことは気に入っているようだ。

「またおでかけするんだよね？」

「ああ。今度は王家からの依頼だ」

「ぼーけんしゃは、いそがしいねえ」

妙に大人びた口調のテティウスに向かって、セリオンは肩をすくめてみせた。

働かざる者、食うべからず——というか、冒険者の場合、働かなければすぐに食べられなくなってしまう。

「まあな。俺達は働き者だからな」

「きたになにしにいくの？」

「北の迷宮の調査に行くのよ。もし、結界に傷が発生していたら、ザイオスが修復する。魔物の気配を探らないといけないから、私は忙しいんだけどね」

と、ネレア。

彼女は森の中で生活しているエルフだから、どこにいても魔物の気配には敏感だ。このパーティーに発注されたのには、そんな事情もあるのだろう。

「これ、あげる」

「私とヘスが作ったの。すぐに熱くなるから便利だと思うわ」

ユスティナとヘスティアが差し出したのは、小型の魔石コンロである。魔道具に書く術式の改良を、ナビーシャに手伝ってもらって作ったそうだ。

熱の魔石を作るのにヘスティアは苦労していたけれど、その分いい仕上がりになっているはずだ。

依頼の遂行中は、どうしたって野営が増える。その時、温かくて美味しいものを食べられるかどうかで、作戦の成功率が大きく変わってくるものだ。

「そうだ、殿下。一応お耳に入れておいた方がいいと思う。殿下とスピラー伯爵令嬢が婚約するのではないかという噂が出回っているんだ」

「は？」

レナータの言葉に、思わず素で返してしまった。イヴェリアとの婚約話が出ているってどういうことだ。

「イヴちゃんとはともだちよ？」

今の反応は子供らしからぬものだったかと、慌てて取り繕う。誰も、テティウスの反応が妙であることに気づかなかったので安堵した。

「もちろん、殿下とスピラー伯爵令嬢はいい友人でしょう。ですが、貴族というものは互いの足を引っ張り合うことも多いんだ」

「イヴちゃんがいじめられる……？」

レナータが、どこでその話を聞いてきたのかはわからない。だが、一番年上のゼファルスはすぐに反応した。

「レナータ、父上もその話は知っている。僕達の婚約は、十五歳になるまで決めないということになった。イヴェリア嬢も、テティの友人のひとりだよ」

「余計な心配でしたか」

「ううん、レナータがおしえてくれなかったら、ぼくしらないままだった。イヴちゃんとはなかよしだけど、ほかのこともちゃんとなかよくする」

押しの強い貴族令嬢は苦手なのだが、いつまでもそんなことは言ってはいられないだろう。友人に害が及ぶのは避けなければ。

「そうそう、ひとつ、お願いしてもいいかしら？」

「なぁにー？」

ネレアは、何を頼もうというのだろうか。

「スピラー伯爵の領地の子供達の援助をしたでしょう？」

「うん。ほかのりょーちのしせつでもすすめてるって、とうさまがいってた」

「食べるものには困らなくなったんだけど、建物の方まで手が回らなくてね。簡単に修理できるような方法、ないかな？」

「ネレアは、どうしてそれをしってるの？」

「私、王都の施設は、よく遊びに行くのよね。友達が先生やってるから——王都の施設は食べ物にはあまり困っていなかったけれど、ちょっとした建物の傷みまでは手が回らないことが多いみたいなのよ」

　詳しく聞いてみれば、たとえば扉にひび割れが発生してしまったり、壁が少し崩れてしまったり。そういったことに慣れた大人がいれば、自分達で修理できる程度のものらしいのだが、施設の職員には不慣れな人も多いらしい。

「……かんがえてみる。たぶん、ねえさまたちのほうがくわしい」

「お願いね。王子様にお願いするのって、ちょっと違う気もするんだけど」

「たみをまもるのはおうぞくのぎむ。ぼく、しってるよ」

「本当に、どうしてこんなに偉い子供が生まれたのかしらね？」

　ネレアは手を伸ばして、テティウスの頭を撫でてくる。悪くないな、と思ってしまうのだからやっぱり心が子供になってしまっているのかもしれない。

第六章　魔物だって（相手によっては）怖くない

「ユスねえさま、きしたち、いそがしそう。なにかあった？」

「ええと……北の方が、思っていたより大事になっているみたい」

ここ数日、王宮が騒がしいのにテティウスは気づいていた。流星の追跡者達が出かけて行ってから十日ほどが過ぎている。

迷宮の結界は、今のところ問題ないらしいのだが、北からこちらに侵入してくる魔物の数がやけに増えたそうだ。冒険者達の調査結果も、まだ届いておらず、理由は不明。

「魔物は、そんなに遠くまで移動しない。何かあるはず」

「そうなの。ヘスの言う通り……魔物は縄張りっていうのがあって、そこから出てくるのは少ないらしいの。それが、国境を越えてこっちにくるって……何かあるのでしょうね」

「そうなの……？　ナビ子しゃん、ユスねえさまのいうとおりなの？」

「ええ。普通は縄張りから出ることはないわね。絶対とは言いきれないけど……何か理由があるはずよ」

ナビーシャにも確認してみたが、たしかに魔物は普通は自分の縄張りを離れることはないそうだ。もし、魔物が縄張りを離れることがあるとしたら、自然災害で大きく地形が変化した時、自分達よりもはるかに大きな魔物に縄張りを奪われた時など、よほどの事情がある時に限られているらしい。

（流星の追跡者以外にも、冒険者が北に行っていたはずだけど……彼らからの報告はないのかな）

『気になるならアタシ見てきましょうか？』

（ナビ子さん、行けるの？）

『アタシを誰だと思ってるのよ。馬なら何日もかかる距離でも、飛べば一日かからず着くわ』

（行ってくれたら嬉しいけど、大丈夫？）

テティウスひとりで、大丈夫だろうか。ナビーシャが側を離れるのはちょっぴり不安でもある。

でも、ナビーシャが行って様子を見てくるのが一番早いというのなら、彼女に様子を見に行ってもらおうか。テティウスは王宮から出なければ、大きな問題にはならないだろうし。

（父様に聞いて、ナビ子さんに見てきてもらおうってなったらお願いするかも）

まだ、何が起きているのかまったくわかっていないのだ。うかつに動かない方がいいかもしれない。

『心配なのは、アンタの守りの方よ。いい？　王宮から出てはだめですからねっ』

（……僕、子供じゃないんだけどな）

『子供でしょうが』

一応、中身は大人なのだ。

外に出るなと言われているのに、勝手に外に行くような真似はしない。

スピラー領の祭りに行った時、寝室を勝手に抜け出して、ミケルを脅しに行ったことは、テティウスの頭からはころっと消え失せている。

「皆、ここにいたか」

緊張した表情のゼファルスが入ってくる。アクィラも珍しく顔をこわばらせていた。

常に周囲をよく見ているゼファルスはともかく、楽天的なアクィラがこういう表情をするのは珍しい。

「ゼフにいさま、どうしたの？　こわいかおをしている」

「父上がお呼びだ。全員、広間に集まってくれ」

そう言い残すなり、ゼファルスは身を翻《ひるがえ》していってしまう。

ユスティナとヘスティアは顔を見合わせた。いったい、どうしたのだろう。

「兄様、何があった？」

「ゼフ兄様が、あんな顔をするのは初めて見たわ。ほら、テティも脅えているし」

ヘスティアが眉間に皺を寄せる。ユスティナは、テティウスをそっと引き寄せたけれど、考えこんでいるテティウスは、それに気づいていなかった。

「ユス、俺がテティを連れていくよ——どうも、北のグルバウト王国は、魔物をこちらに追い立てているようなんだ」

手を伸ばしたアクィラは、ひょいとテティウスを抱き上げた。

「何ですって？　でも、そんなことをするのはとても……ええ、とても難しいのでしょう？」

ナビーシャが、尾をピンと立てる。緊張しているのだろう。

「魔道具に、そういったものがあるだろう」

「あるのは知ってるけど、作るのはとても難しいって先生言ってたもの。私が大人になっても作れるかどうかわからないぐらい難しいって。もちろん、ヘスが協力してくれるのを前提としての話よ？」

ユスティナは、魔道具作りについてはかなりの才能を持っているらしい。もし、王女でなかったら魔道具師として生計を立てることも可能だろうと思われるほど。

それに、ヘスティアという以心伝心な姉妹が側にいてくれるというのも魔道具師としての才能を存分に発揮できる大きな利点だ。

ユスティナが作りたいと思う魔道具に必要な素材をヘスティアは作れるのだから。そして、ヘスティアも錬金術師になれるであろう素質を秘めた天才だと言われている。才能あふれる姉妹なのだ。

「グルバウト王国は、それを可能にしているらしいんだ。だから、父上も話をしたいって——

いいかな」

アクィラに抱えられたままのテティウスはぎゅっと唇を噛んだ。思っていた以上に大事になっている。これは、戦争が起こっても不思議ではないほどの大事だ。

グルバウト王国は大陸の北に位置している。広大な領地を持っていて農作物は豊富にとれるのだが、とにかく雪に閉ざされる期間が長い。

そのため、凍らない港を求めて、しばしば南側であるシルヴァリア王国に攻撃をしかけてきているのだ。

今のところ国境を越えられたことはないけれど、魔物を利用するとは誰も考えていなかった。

『魔物を操るのって、本来とても難しいことだからね』

テティウスにだけ聞こえるナビーシャの声も、今日はいつもより深刻に響いた。

（僕ひとりの力では、どうにもできないかも）

戦争になってしまったら、テティウスにできることは限られてしまう。いくら彼が神様から様々な能力をもらっていたとしても、だ。

指定された広間に向かったら、そこに流星の追跡者達が来ていた。テティウスに呼ばれて会いに来る時とは違い、冒険者としての動きやすい装備を身に着けたままだ。

彼らが無事に戻ってきたことにほっとしていたら、アクィラはテティウスをそっとソファに座らせた。

「遅くなりました、父上」

「いや、今、彼らも来たところだ」

両親がソファに並んで座り、母の隣にテティウスが座る。ゼファルスとアクィラはふたりでひとつのソファに座り、双子も少し離れた場所に座を占めた。

四人並んで膝をついた流星の追跡者達は、セリオンだけ少し緊張の面持ちだった。

レナータは彼ほど緊張していない。ザイオスとネレアはいつもとまったく変わらない様子だ。こういうところに重ねてきた経験の違いが出てくるのかもしれない。

「時間がかかりそうだな。座ってくれ」

「あ、ありがたき幸せ――」

返すセリオンの声が、少し上ずっているのでつい笑ってしまう。

「殿下、笑わないでくださいよ」

「だって、セリオン、きんちょーしてるから。とうさまはこわくないよ」

「それとこれとは別問題ですよ、殿下――し、失礼いたしました。では、報告を。ザイオス、頼む」

セリオンの言葉を待っていたかのように、ザイオスがテーブルに地図を広げた。そこに赤い印が付けられている。

「迷宮の結界を確認したのち、我々はこちらに向かいました。グルバウト王国側に侵入して見てきたのですが、地図に赤い印がついているのが、魔物を追い立てている部隊がいるところです」

「つまり、人間が追い立てていると？」

「はい。魔道具を使用しているようです。どんな魔道具かは確認できていません」

魔道具の効果が切れれば、魔物達は自分の縄張りに戻ろうとする。だが、グルバウト王国は、戻ってきた魔物を再び追い立てているそうだ。こうして少しずつ、国境に近いところまで来たらしい。

国境を越えた魔物は、シルヴァリア王国の騎士達によって打ち取られたり、逃げ帰ったりしている。

「……魔物の種類を教えて」

「ナビ子しゃん？」

「いいから。魔物の種類を教えてちょうだい。アンタ達より、アタシの方が魔物には詳しいと思うの」

「そりゃ、ナビ子さんは魔物には詳しいだろうけどさぁ……」

「セリオン！」

ネレアに横からつつかれ、セリオンは王の前だというのに口調を崩してしまったことにようやく気づいたらしい。

「失礼しました！　陛下」

「よい。礼儀に構っている場合ではないだろう。冒険者に礼儀を求めるのが酷になることもあるというのは私も知っている」

レナータのように元貴族ならばともかく、基本的には生きていくために冒険者になるのは貧しい人間の方が多い。

となると、礼儀作法についてきちんと学ぶ機会があるわけでもないから、必然的に礼儀が苦手な人間が多くなるのだ。

「で、何の魔物？」

「オオカミ型の魔物が多かったわ。スノーウルフとか、ブラックウルフとか。その他の種類の魔物もいたけれど、一番はオオカミ型の魔物ね」

ナビーシャに答えて、てきぱきと口を開いたのはネレアである。

「様々な魔物がひとつの群れのようになってた？」

「私が見る限りではそうね。普通はオオカミ型の魔物だって、種類が違えばひとつの群れになるってことはないんだけど」

森で暮らしている種族のネレアがそう言うのなら、珍しい事態が起こっているのは間違いない。もしかして、魔道具でオオカミ型の魔物をまとめて操っているのだろうか。

「……もしかすると、生まれたばかりの子供がいるのかも」

考え込む表情になったナビーシャは、テーブルに飛び乗った。前足で、印がつけられたところをなぞっている。

「この時期に？　オオカミの子が生まれるのは春じゃなかったか？」

セリオンの疑問も当然だった。

今はもう秋もかなり深くなっている時期である。春に生まれた子オオカミも、大人とまではいえないにしても、赤ちゃんの時期は脱出しているはずだ。

「それは普通のオオカミの場合。種類にもよるけど、オオカミ型の魔物は生まれてから十年ぐらいは生まれたばかり扱いですからね？」

オオカミ型の魔物の場合、寿命が長いため、よちよち歩きの期間もだいぶ長いらしい。

動物とは違って、親の魔力をもらえばいいから、授乳の期間というのはそこまで長くないという。

「これは困ったわね。子連れの場合、子供を守るためにどんな動きをするのか読めなくなるもの」

眉間に皺を寄せたまま、ナビーシャは地図の上に丸くなってしまった。長い尾をゆらゆらと揺らし、みずからの思案の中に沈み込んでしまっているようだ。

「そなた達の調査の結果に感謝する。改めて依頼を出すから、別室で待っていてくれ」

「かしこまりました」

丁寧に一礼したレナータを先頭に、冒険者達は部屋を出ていく。皆、厳しい顔をしていた。

「魔物が出ているとなると、現場での判断が必要になるだろう。グルバウト王国が侵入してくる可能性は高い。私も騎士団に同行する」

「――あなた！」

母は、悲鳴をこらえようとしているみたいに、両手で口を覆った。

（……母様に、こんな顔をさせるなんて）

テティウスは、母の身体に身を寄せる。身体をこわばらせていたので、そっと両腕を回してみた。だが、それにも気づかないほど衝撃を受けているようだ。

「――父上！　僕も連れて行ってください」

緊張の沈黙が続く中、最初に声をあげたのはゼファルスだった。現地で少しでも父の手助けをしたいという兄の気持ちは、テティウスにもわからなくはない。

「だめだ。お前には、私が留守にしている間政務を見てもらわなくてはならない」

現状、兄が任されている政務はさほど多くはないけれど、母と一緒にならばできることも増えるだろう。

「父上、それなら俺を連れて行ってほしい」

「だめだ。お前には、妹と弟を守る役目を果たしてもらわなければ」

次に手を挙げたのは、アクィラだったけれど、父はアクィラの願いもまた却下した。テティウスはあえて口を開かず、じっと母に寄りかかっている。無意識なのだろう。母はテティウスを引き寄せた。

「私は、明日に出立する。元々、明日には騎士団が出る予定だったからな」

「お父様、ちょっと待って」

「私とヘスの作った魔道具を持っていってほしいの」

姉達は、父に寒いところでも暖かく過ごすことのできる魔道具を渡すつもりだそうだ。このあたりの気候はまだ秋だが、北はもう真冬の気候だろう。

（魔物って……会話できるのかな）

『相手によってはできるわよ。国境のところにいる魔物達ができるかどうかはわからないけれど』

（夜、こっそり様子を見に行こう）

『アンタなら、そう言うだろうと思ったわ』

テティウスとナビーシャが情報収集をしてくれれば、父の役に立つことができる。言い訳はあとからいくらでもできるだろうから、夜中にこっそり出かけることに決めた。

翌日。出立する父を見送ったその夜のこと。テティウスは、テーブルの上に、書き置きを残した。

『神様から呼ばれたのでちょっと出かけてきます』

実際には神様に呼ばれたわけではないけれど、ここは嘘も方便ということにしておく。

「たくさん着込んだ？　アタシも、周囲を快適な温度に保っておくけど」

「だいじょーぶ。たくさんきた」

冬の寒さは、嫌というほど知っている。

ヘスティアとユスティナが父に持たせようとしていた魔道具と同じものを一個、騎士団の備品室からこっそり借りてきた。魔力を流すと、ぽかぽかとする魔道具である。

自分でも同じことはできるだろうけれど、魔力は温存しておいた方がいいような気がする。

それから服を重ね着して、手袋にマフラー。ナビーシャの背中に乗っている分には、これで充分暖かく過ごせるはず。

収納魔術の中には、三か月分の水と食料。寝袋も入っているし、テントもある。

「じゃあ、行くわよ」

そう言うのと同時に、ナビーシャはふわりと空に舞い上がった。

（……何回見ても綺麗だね）

空から見た王都は、たくさんの明かりが煌めいていて、前世で見た夜景にも負けないほど綺麗だった。冬が近づいていて、空気が澄んでいるからか、ずっと遠くまで見渡せるみたいだ。

きっとあの明かりの下では家族で団らんしていたり、パーティーをしたりしているのだろう。

下から見て気づかれないと思うところまで舞い上がったナビーシャは、北へと進路を向ける。

「いい？　一気に飛ぶからね！」

「わかった」

ナビーシャは速度を上げた。下を見下ろせば、流れる景色がどんどん変化していく。もう、どこにいるのかもわからないほどだった。

「もし、疲れたら寝てしまってもいいからね」

「だいじょーぶ、おきてる」

「無理をするのはだめよ。魔物達に会ってからの方が大変なんだから」

「あい」

空を飛ぶ興奮からか、今のところはまだ眠気はやってきていない。

「ナビ子しゃんは、ねなくてだいじょーぶ？」

「アタシは二日や三日寝なくても問題ないもの。魔力さえあれば、活動できるからね」

夜の闇に、黒い猫がまぎれて飛ぶ。ナビーシャは翼をはためかせて速度を上げた。

「ナビ子しゃん、すごいはやい！」

「でしょー！　ま、アタシにかかればこんなものよね」

あっという間に王都を出て、いくつかの街を通り過ぎていく。宣言通り、ナビーシャは休むことなく飛び続けた。

最初のうちは大興奮だったテティウスは、途中で眠くなってしまってナビーシャの背中に倒れこんだ。ナビーシャの魔術によって、背中から弾き飛ばされてしまうことはないから安心だ。温かな毛並みに包まれて、ぬくぬくとしている間もナビーシャは飛び続ける。あっという間に、北に向かう騎士達を追い抜いた。

「テティ、下を見てごらんなさい。シルヴァリア王国の人達がいるわ」

起こされたのは、先行して北へ向かう騎士達の野営場所を通り過ぎた時だった。

見下ろしてみれば、テントの中で休む者、焚いた火の側で見張りをしている者。陣の中はしんと静まり返っていた。

騒ぎにならないようにそこは通り過ぎて、さらに北へ。そろそろ国境を越える頃合いらしい。

（……あれが、グルバウト王国の兵士？）

『でしょうね。ちょっと腹立つから、何かしかけてやろうかしら』

（子供に戻って、お父さんやお母さんに叱られている夢を見せるのは？　きっとドキッとしちゃうと思う）

『そんな魔術、私使えないわよ』

（僕使える）

あまり危ない魔術は使ってはだめだと言われているけれど、そこまで大事にはならない魔術もある。

王宮の図書室にはそういった魔術書もたくさんあったから、テティウスはそれらにも目を通していた。

『じゃあ、やっとく？』

（やっとこ！）

声に出さず、ひそひそと心の声で囁き合う。

テティウスが使ったのは、対象者に悪夢を見せる魔術だった。対象者は全員、術者の望んだ悪夢を見るというもの。

テティウスは、子供の頃、グルバウト王国の兵士達が親や親同然に怒られた中で一番怖かった時を夢に見るよう魔術をかけた。

いくつになっても、親にはかなわないもの。夢の中で、朝まで恐怖に震えればいい。

『次は魔物を探して……っと。ああ、あっちだわね』

ナビーシャは、そこから東に進行方向を変えた。

『いいこと？　アタシがいいって言うまで、背中から降りないようにね』

（わかった）

進路を東に変えて、少し行ったかと思うと、そこからふわりと地上に降り立った。

「そこにいるんでしょう？　出てきなさいな」

「これはこれは、神の使いか……」

ナビーシャの声にしたがって姿を見せたのは、馬ぐらいの大きさはありそうなオオカミだった。闇の中でも白く輝く毛並みが美しい。

「おっきいな！　なんのまもにょ？」

「我はフェンリル――だが、そちらの小さき生き物はなんだ……？　人、人の子なのか？」

「ぼくテティ。よろしくね――ナビ子しゃんといっしょにきみたちにあいにきたの」

テティウスの言葉に、信じられないというように魔物は頭をそらせた。

たしかに、こんな小さな子供が、翼猫に乗ってここまで来ただなんて聞いても信じられないだろう。その翼猫が軽自動車ぐらいの大きさがあったとしても、だ。

「あれ、けがしてる？」

白く大きなフェンリルの前足には、痛々しい傷がある。

「……これは、不覚をとったのだ。小さき者よ、気にすることはない」

「なおしてあげる。ぼく、かいふくまじゅちゅとくい」

友好的に会話できているから、近寄っても大きな問題にはならないだろうとテティウスは前に進み出た。

「アンタ、回復魔術ぐらい使えるでしょうに」

「かすり傷だ。それよりは、魔力を温存しておきたい」

「ぼくにまかせて。なーおーれ！」

頭の中に術式を思い描いて、魔力を放出。自分でも、どうしてこんなにも簡単に魔力を放出できるのかはわからない。みるみるフェンリルの怪我が治っていく。

「な、何だお前は……」

「ぼく、テティっていったでしょ。ナビ子しゃんのけいやくしゃでともだち」

「あらやだ、友達だなんて……」

たしかにナビーシャとは契約している関係だけれど、それ以上に仲のいい友人でもあると思っている。素直に告げれば、珍しくナビーシャが照れた。

「ええと、オオカミしゃんたちは、どうしたい？　あっちのひとたちをやっつける？」

「それができれば苦労しない。ここ数年、子宝に恵まれる家族が多くてな、子供をかばっていると人間どもを追い払うところまで手が回らないのだ。おまけに妙な魔道具で弱き者達を追い立てる。我の言うことを聞かないのだ」

「フェンリルじゃないまもにょもいっしょなのはなぜ？」

「同じ祖先から生まれたようなものだからな。我がまとめて保護しているのだ——人間なんて、普段なら簡単に食いちぎってやるのに」

ぐるる、とフェンリルは唸った。人間を食いちぎるのは物騒なのでやめてもらいたいところだ。

「でも、やっつけたらかたきうちにくるよね？」

「そいつらもやっつければ問題ない——普通ならそうするのだがな」

またもやフェンリルは唸る。やはり、今の状況は彼にとっては不満であるようだ。

「……ひとがいないところにひっこしするのはどう？」

「だが、どこの土地もすでに他の魔物の縄張りだろう。そこに割り込むとなれば犠牲は大きい」

魔物は基本的に自分の縄張りを捨てないもの。フェンリル達がこうやって縄張りを離れているのは、本来はとても珍しいことなのである。

「それなら、アタシが探しましょうか？　そのくらいの力はあると思うのよ」

言うなりナビーシャは目を閉じた。

彼女の身体からゆらゆらと魔力が立ち上っているのが、テティウスの目には見える。魔力を広げて、何かしているみたいだ。

「小さき者よ、そなたはなぜ、神の使いと一緒にいるのだ？」

目の前にいるフェンリルは、魔物の中でも知能が高いもののようだ。普通にテティウスとの会話が成立している。

「ぼく、うまれるまえにかみしゃまとあってる。ナビ子しゃん、かみしゃまにあいされてるっていってた」

「その小さな身体と魂がつりあってないな」

「おーう、きづいちゃった？」

何せ、中身は高橋優人享年二十四である。

今の身体は五歳だけれど、魔力が大きすぎる影響で、普通の五歳児よりもはるかに小さい。

人とは時の流れが違うフェンリルの目から見れば、テティウスの存在がまた奇妙に思えるであろうことも何となく理解はできた。

「でも、それはまえのぼく。いまのぼくは、テティだよ」

優人として生きた二十四年を否定するつもりはない。早死にしたことをのぞけば、幸せな人生だった。

新しい人生を与えられて、ここが今生きている場所であるということもちゃんと認識している。

だが、前世の人生で培われた価値観を失うつもりもない。この世界で生きていく間も、『かつて優人であったテティウス』にとって譲れないものは守り抜くつもりだ。

「うん、東の山は今空いているわ。ドラゴンが移動したから、ドラゴンの縄張りが空いてる。まあ、すでに入り込んでいるやつらもいるから、多少は境界でぶつかり合うこともあるだろうけれど、敵対するほどのことにはならないわよ」

どうやってか知らないが、ナビーシャはこの近くで縄張り主のいない土地を探してくれていたようだ。

だけど、とフェンリルは首を横に振った。

「我々の足では、そこに行くことはできないだろう。大人だけならともかく、子もいるしな」

「テティなら、一度行けば転移魔術を使えるわ。アタシが背中に乗せてちょっと行ってくれば大丈夫」

オオカミ達の群れを移動させるのは、たやすいことではないが不可能ではない。

ナビーシャが手を貸してくれるのなら、うまくいくに決まっている。

「どうする？」

「……群れを集める」

フェンリルは、顎を突き上げた。

「ウォーン！」

長く長く尾を引く遠吠え。そして、押し殺した小さな足音と共に、周囲に魔物達が集まってきた。

「こんなにたくさんのまもにょ、はじめてみた」

魔物を見たのは初めてではないが、これだけいろいろな種類の魔物が一堂に会しているのを見るのは初めてである。

しかも、ここにいるのはフェンリルを筆頭にオオカミ型の魔物が中心だ。

真冬の雪の中でも変わることなく生活できる、雪の魔術を使うスノーウルフ、角の生えたホーンウルフ、特別な魔術は持ち合わせていないが、普通のオオカミの倍ほどもある巨体と鋭い牙が特徴的なブラックウルフ。

　小さなクマの姿をしたリトルベアや、緑色をしたウサギ型の魔物のグラスラビット等、オオカミとは違う種類の魔物も集まり始めている。

「じゃあ、アンタ達は弱い魔物や子供を中心に、強い魔物は外に集まるように並び直しておいて。アタシとテティは、転移先を確認してくるから」

　よいしょ、とナビーシャの背中に乗り、東を目指して飛び立つ。もうすぐ、夜が明ける。早く行動した方がいい。

　東の空が、白く明るくなり始めてきた。頬を冷たい風が通り過ぎていく。

　テティウスは、ナビーシャの背中から、白々と夜が明けていく様を眺めていた。ナビーシャが全力で飛んで、一時間ほどだろうか。

　元の位置からは、前世の単位で百キロ近く離れた山の中。この山は、元々ドラゴンの住処だったそうだ。

　何らかの事情でドラゴンはこの場を離れたらしいけれど、まだ、元ドラゴンの縄張りに他の魔物は入ってきていない。

　ぐるりと森に囲まれているから、肉食の魔物は獲物を探すこともできるだろう。

「うん、ここならよさそう。じゃあ、まもにょたちのまってるばしょにてんいー！」

　来る時は一時間かかったけれど、戻る時は一瞬だ。

いきなり空中に姿を見せたテティウスに、魔物達は驚いた様子だった。

「みんな、あつまった？」

「あ、ああ……」

「じゃあ、いこうか！　ナビ子しゃん、よろしくね」

「いーい、アンタ達、全員そこに集合。なるべくぴったりまとまって」

ナビーシャが、前足で地面を指さす。集まった魔物達はより密着して、まるで団子のようになった。

「テティ、あとはアンタしだいよ！」

「だいじょーぶ、できる！」

魔術は、想像力。

テティウスの視線が、固まっている魔物達の外周をぐるりと一周する。

すると、彼らを取り囲むように光の輪が出来上がった。光の輪は天へと伸び、そこに巨大な光の柱が出来上がる。

「よしっ！」

不安そうにクゥンクゥンと鳴いている魔物らしからぬ声も聞こえるが、とりあえずそれは置いておく。ナビーシャの背にひらりとまたがると、彼女はテティウスを乗せたまま光の輪の中に飛び込んだ。

「みんなでいっしょにてんいー！」

それは、一瞬の出来事だった。

光の柱がひときわまばゆく輝いたかと思うと、しゅっと消滅する。そして、光の柱が失われた時には、そこにはもう何ひとつ残っていなかった。

「ついたー！」

そして、次の瞬間には皆、はるか遠く離れた山の中に移動していた。テティウスは、ナビーシャの背中から飛び降りる。

「ちょっとつかれたねぇ」

「誰一頭も取りこぼさないようにするのがちょっと大変だったわねぇ……」

一仕事やり遂げた満足感でいっぱいのテティウスとナビーシャをよそに、魔物達はきょろきょろと周囲を見回していた。

今までいたのは深い森の中。それが瞬時にしてまったく違う場所に移動していたのだから、どうなっているのかと気になってしかたないのだろう。

「……テティウスとやら」

「あい」

「本当に皆、転移させてくれたのだな」

「もちろーん。ちょっとつかれたけどね。のこってるひとはいないとおもうよ？」

この場合、「人」でいいのかなと思いつつ他に適切な単語も思いつかなかったのでそのまま使ってしまう。

テティウスの前に座ったフェンリルは、ゆるゆると頭を下げて、伏せの体勢になった。

「なにー？　なでてもいいの？」

「撫でたければ、撫でればよい」

「わーい。ここはあまりえものがいないからたいへんかもしれないけど、みんなならだいじょうぶだよ、きっと。ナビ子しゃん、えものはどっちにいけばいる？」

「麓の森にはいるわよ。ドラゴンがいなくなって、ずいぶん数が増えているわ。しばらくの間は、大丈夫だと思う」

フェンリルの毛並みは、見た時にはふわふわしていると思ったけれど、実際に触れてみたら意外とごわごわとしていた。

（……ふわふわかと思ってたのに）

『水浴びして、櫛を通せばふわふわになるかもしれんな』

（わ、聞こえてた？）

『もちろん、我を誰だと思っている？　魔物の長、フェンリルだぞ』

（そうかあ。もうちょっとふわふわかと思っていたんだ）

『アンタねえ、森の獣が艶々ふわふわのわけがないでしょうが。ふわふわを堪能したいならアタシにしておきなさい』

（ナビ子さんは、いっつも撫でてるでしょー？　艶々のふわふわで素敵だけれど！）

『このわがまま坊主！』

心話だけでやりとりしていたら、すぐ横でフェンリルがぶっと吹き出した。

フェンリルもそんな笑い方をするのかと一瞬驚くが、まあ笑う時には笑うのだろう。

「すまんな、そなた達のやりとりがあまりにも面白くて」

「いーよ、ぼくとナビ子しゃんのはなしがきこえるひともあまりいないしね」

「そなたは、たしかに魂はもう少し年上なのだな」

「いまのじんせいもきにいってるけどねぇ」

前世のことはまだ思い出すし、郷愁にかられることもある。でも、今の家族に愛されていることもちゃんとわかっているから大丈夫なのだ。

テティウスを見ていたフェンリルは、頭を擦り寄せてきた。

「今回は、そなたの世話になってしまった。もし、我の力が必要になった時にはすぐ呼べ。この大陸のどこからでもかけつけようぞ」

「ありがとー」

ふわっとあくびが出る。そうだ、こんな夜遅くに外を出歩くことなんてないのだった。というか、ほぼ一晩徹夜である。

眠い。上の瞼と下の瞼がくっついてしまいそうだ。

「ナビ子しゃん」

「何？」

「グルバウトおうこくのおうさまにもおかえしはしないと」

「毎晩オオカミの魔物に頭から食われる夢を見せてやりましょう。特別サービスで、痛みを感じるようにしておくのはどう？」

「それはいいねぇ……」

子供って、電池が切れたように寝るというのは誰が言っていたのだろうか。こちらの世界に電池はないからたぶん前世の誰かだと思うけれど。

その言葉が真実だったのだな、と今身をもって実感している。ナビーシャの身体に寄りかかるようにして、立ったまま眠りに落ちてしまった。

＊＊＊

天幕の中はしんとしていた。

もうすぐ、先に行った冒険者達と合流することになりそうだ——と、テントの外が不意に慌ただしくなった。

横になって休んでいたダモクレスは勢いよく飛び起きた。素早く側に置いていた剣を手にしたのは、敵襲と思ってのことだった。

「ごめんなさーい、ちょっとお邪魔するわよ？」

外界とテントの内側を隔てている布を前足で跳ねのけ、背中に子供を背負って軽やかな足取りで入ってきたのは翼を持つ黒猫だった。

「失礼いたしました、陛下、ナビーシャ様」

外から護衛の騎士の声がする。

いつもはテティウスの足元にいる子猫の姿なのだが、今は、子供を背負えるほどに大きい。護衛も、てっきり魔物の襲来と誤解したようだ。

「ナビ子さん、どうしたのだ？」

「ちょっと、テティを連れて出かけないといけなかったのよ。この子、そこで休ませてやってくれないかしら？」

彼女の背中で寝息を立てているのは、末のテティウスだ。すやすやと眠る姿は、いつも通りだ。

神のなすことを深く考えてはいけないと思っているのだが、なぜ、自分の子供が神の寵愛を受けることになったのかと頭を悩ませたことがあるのは否定できない。

「魔物については心配しなくてもいいわ。テティが話をつけたから」

「話？」

「ええ――ちょっとテティをそこに寝かせたらお話ししましょ。この子、ちょっと無理してしまったし……アタシも疲れた」

寝台をテティウスに譲り渡し、ナビーシャには冷たい水を皿に出してやる。上品にそれを飲み干したナビーシャはふぅと息をついた。

「魔物達は移動したわ。ドラゴンの縄張りが空いてたから、そこに行ってもらったの――テティウスの転移魔術を使ってね」

「何だって？」

ここが防音性皆無のテントの中であることはすっかり忘れて大声を出してしまった。

「――陛下！」

「いや、いい。報告を受けていただけだ」

外にいた警護の騎士が入口の垂れ布を捲り上げて飛び込んでくる。落ち着き払ったナビーシャとダモクレスの姿を見て、彼はそこで足を止めた。

「失礼いたしました」

先ほどからの失態続きに、彼は申し訳なさそうに一礼した。

「いい騎士ね。これだけ素早く反応するんだもの」

「ありがたき幸せ」

ナビーシャの誉め言葉に頬を緩めた騎士に退室を促すと、もう一度頭を下げてから出て行った。

「それで？　何があったのか、詳しく話してもらうことはできるのだろうな？」

「もちろんよ」

改めて話を始めたナビーシャから詳しい説明を聞いて頭を抱え込んだ。

どこの世界に魔物の跋扈《ばっこ》する森の中に飛んでいき、大量の魔物を一度に転移させる子供がいるというのだ。

「ナビ子さん……テティは、まだ子供なのだが？」

「本人がやる気満々だから……アタシ、女神様からテティのやりたいことをやらせてやれって言われてるのよね」

女神様とテティウスの間にどんな話があったのか知る術もないのだが、子供にはあまりにも過酷な運命ではないだろうか。

思わず手を組み合わせて祈りそうになるけれど、その手をナビーシャの尾が叩く。祈りはそこで却下された。

「大丈夫。テティには、その力があるんだから」

「――だが」

「それに、アタシもいるし。あなた達は、テティに愛情を注いでくれればそれでいい。この子は愛されるべき存在なんだから」

ナビーシャはゆらゆらと尾を揺らしているが、ダモクレスは大きくため息をつく。能力を持っているのはわかるが、親としては危なっかしくてしかたない。

愛情を注げばいいのであれば、テティウスが目を覚ましたらやるべきことはひとつである。

「まずは、お説教だな」

子供が危ないところに行くべきではない。

――最初は、心配をさせたことに対する説教。

それから次は、抱きしめてうんと誉めてやろう。少なくとも、多大な犠牲が出ることは回避できたのだから。

＊　＊　＊

目を覚ました時には、先に出発した父のところにいた。

（……あれ、どうしてこんなところに）

昨夜は、フェンリル達と一緒にいた。そして、夜明け間近に彼らを転移させてやった。フェンリルからお礼を言われていたはずなのだが、そこから先の記憶がない。どうやら、寝落ちしてしまったようだ。

「ナビ子しゃん」

「ナビ子さんなら、いったん王宮に戻ってもらった。事情の説明はしないといけないだろう」

「とうさま」

にぱっと笑って父を見上げる。

父は、いつもより簡素な服装だった。この上から鎧を身に着けるのだろう。

「とうさまのしんだい、よこどりした。ごめんなさい」

「テティ、謝るところが違う」

寝台を奪ったこと以外に、謝らなければならないことってあっただろうか。じっと見ていたら、父はテティウスを膝の上に抱き上げた。

「危ないことはするな。ひとりで魔物の暮らしているところに行ったと聞いて、肝を冷やしたぞ」

「あぶなくないよ。ナビ子しゃんもいっしょだった」

「それでも、だ。書き置きひとつで出てきたんだろう。今頃、王宮では皆心配してるぞ」

「むー」

「テティ、父上はそんなに頼りないか？」

その問いには、首をぶんぶんと横に振る。父が頼りないなんて、そんなことあるはずない。

実際に戦っているところを見る機会はほとんどないけれど、たまに剣術の訓練をしているところを見学させてもらうと、騎士団長と同等にやり合っている。

「お前はまだ子供だ。子供には、子供にしかできない時間の使い方がある」

それは、充分わかっているつもりだけれど。

でも、放っておけないと思ってしまったのだ。その不満は、しっかりと顔に出ていたみたいだった。

「お前には、すごい力がある。それはよく知っている」

「あい」

「その力で救われる人もたくさんいるだろう——だけどな。その前に、お前は私達の大切な子供で、兄や姉にとっては大切な弟だ。頼むから、ひとりで突っ走る——いや、ナビ子さんと一緒だったとしても突っ走るのはやめてくれ。先に話をしてほしい」

「はなしをしたらいいっていってくれる？」

真顔で問いかけたら、父はうーんと唸ってしまった。やはり、それは難しいらしい。

「できる限り努力はする。それでいいか？」

「わかった。さきにおはなし、しゅる」

「テティは、偉いぞ——魔物達を移動させてくれたのだそうだな。皆を守ってくれてありがとう。こちらも余計な被害は出さずにすんだ」

父の手が身体に回されて、ぎゅっと強く抱きしめられる。その感覚にホッとしてしまったのは、誰にも言えない秘密だ。

なお、王宮に戻ったあと、母や姉達には泣かれ、兄達からは小言をもらったのは当然の結末なのであった。

第七章　呪いには素敵なお返しを

グルバウト王国では、先の王が退位し、王太子が新たな国王になったらしい。そんな話が聞こえてきたのは、季節が真冬に変わろうとする頃合いだった。

「さーむーいーー！」

テティウスは、暖炉の前に座り込んでいた。寒い、とにかく寒い。

王宮は、魔術で温かく保たれているはずなのに、それでも寒い。

フェンリル達のところに行く時に使った魔道具は、王宮に戻るのと同時に速やかに返却するよう求められたので、もう手元にはない。

（……魔術を使えば、温かくはできるんだけどさ……！）

自分ひとり温かくなるのも違う気がして、魔術を使うのはためらっている。

『いくらでも温かくすればいいのに』

暖炉の前で喉をゴロゴロ言わせているナビーシャは、自分だけぽかぽかになるよう周囲の温度を調整しているようだ。彼女の毛並みは今日も艶々と輝いている。

羨ましい。やればできる——でも。自分だけそれをするのは間違っている気がする。

ぐるぐると考え込んでいたら、双子の姉達が部屋に入ってきた。

「テティは寒がりすぎる」

「お外で遊ばないと、強い身体にならないわよ？　私とヘスは、もうお外で遊んできたんだから」

「ねえさまたちが、さむさにつよすぎるんだとおもう……！」

ぶるりと身体を震わせると、ヘスティアとユスティナが両脇にぴったりと座り込んできた。まだ九歳だから、姉達の体温は高い。

「……あったかい」

自分でも、おじさんくさい口調だと思ったけれど、それは姉達も同じようだった。けらけらと笑って、テティウスの背中を叩く。

「カイロ作る？」

「それがいいかも。熱の素材はヘスが作れるでしょ。容器は私が作れるし。テティが寒いのは、かわいそうだわ」

この世界のカイロとは魔道具のことをさす。じんわりと暖かくなるよう調整した魔石を、適温に保ってくれる魔道具に入れたものがカイロだ。

魔道具としては簡単な部類に入るらしく、大人の監視のもとであれば、双子だけで作ることができるという。

「兄様達には去年あげた」

「テティの分ができたら、外に遊びに行きましょう」

「えー、ナビ子しゃん。ナビ子しゃんはいく?」

聞いてみたけれど、ナビーシャは興味なさそうに尾をぱたぱたとさせただけ。ちゃんと話すことができるくせに、今だけ普通の翼猫みたいにふるまっている。

「ナビ子しゃん……」

「アタシは行かないわよ? 身体が冷たくなるのは嫌だもの」

「まじゅちゅでなんとかなるでしょ? いま、なんとかしてるのぼくしってるんだからね」

外にひとりだけ連れ出されるのは嫌だと思っての誘いだったけれど、ナビーシャはつれなかった。

「できるけど嫌」

誘っても、首を横に振るだけ。よほど外に出たくないのだろうと諦めた。

双子はテティウスのカイロを作るために工房に行ってしまい、残されたテティウスはおとなしく暖炉の前でナビーシャに背中を預けた。

(フェンリル達は、元気にやってるかな)

『元気よ。昨日、話をしたけど』

(話をするなら、僕も呼んでくれればよかったのに)

「アンタはもう寝てたし、大人の話だしね」

（僕、もう大人なんですけどー？）

『それは知ってるけど、アンタの身体はまだ子供。子供の身体には睡眠が必要なんだからちゃんとお休みしておきなさい』

ナビーシャの言葉にも一理あると、しぶしぶテティウスはうなずいた。

この身体が子供のもので、睡眠時間が必要だというのは事実。不健康な大人になるつもりはないので、昼寝も含めてきっちり寝ることにしている。

異変に気づいたのは、その日の夜のことだった。

夕食の席に行ったら、ひとり足りない。ゼファルスの席は空席のまま。食器類も置かれていなかった。

「かあさま、ゼフにいさまは？」

「お熱があるのですって。だから、今日は部屋で夕食にしたの」

「そっかー」

寒い中でも、ゼファルスとアクィラは外で剣術の稽古をすることが多い。もしかしたら、汗をかいたあと、身体を冷やしてしまったのかもしれない。

（回復魔術をかけてあげた方がいいかな？）

『何が何でも魔術で治しちゃだめよ。やりすぎると、身体の自己回復力が低下しちゃうからね』

兄の様子が心配でナビーシャにたずねると、すぐに治さない方がいいと返された。たしかに、回復魔術に頼りすぎるのもよくないかもしれない。

ゼファルスの様子を見に行きたかったけれど、風邪がうつるのを恐れた母に止められた。

今の身体は、めったなことでは風邪も引かないのだが、心配の種を増やすこともない。先日、思いきり心配させてしまったのをまだ覚えている。

『反省してるの？』

（父様に言われたのがちょっと効いてるかもね）

フェンリル達を助けたことを後悔しているわけじゃない。この世界に来てから、『やりたいことをやる』と決めた。

フェンリル達を助けるのは、テティウスのやりたいことに含まれていたわけだし、それを後悔しているわけでもないのだ。

けれど、『心配させたくない』というのも同時にテティウスの中に存在しているわけで。

書き置きをしておいたから大丈夫だと思ったけれど、戻ってきた時の母の顔を見て後悔してしまった。

前世ではメモを残しておけば問題なかったからその感覚で考えていた。だが、今の身体は実年齢より幼く、庇護される対象であることがすっかり頭から抜けていた。

「ゼフ兄様、明日には元気になる？」

「ええ、大丈夫だと思うわ。お医者様にも診てもらっているし」

ヘスティアの言葉にこたえている母の顔を見たら、ちょっと曇っていた。もしかしたら、何か気になることがあるのかもしれない。

グルバウト王国との事後交渉が終わっていないため、父はまだ王宮には戻ってきていない。父が留守にしている間、代理を頼まれたゼファルスが寝込んだとなると次に仕事が回ってくるのはアクィラである。

「母上。俺、兄上の代理が務まるかな……？」

「公務は最小限に減らしておくから安心なさい」

食事をしながらも、アクィラは少し不安そうな顔になった。

まだ、人前に出ての公務というのは、アクィラは未経験なのだ。割と無鉄砲なところがある彼でも、初めての仕事は不安になるものらしい。

「アキにいさまなら、だいじょーぶ。ぼく、しってる」

「そうか？　テティが言うなら、ちょっと頑張るよ」

「ちょっとじゃなくて、いっぱいがんばれ」

テティウスの言葉に、アクィラは頭をかいた。それを見ていた他の人達がくすくすと笑う。

ふたり欠けてはいるけれど、それでも、シルヴァリウス家は平和だった。


翌朝。

「アキにいさまもねこんだ……！」

まさか、ゼファルスだけではなく、アクィラまで寝込むことになるとは。アクィラが発熱して寝込むなんてテティウスが知る限りでは初めてだ。

「かあさま、かいふくまじゅちゅつかえるひとはいないの？」

「……回復魔術を使える人は、今、王宮にいないのよ」

「なんでー？」

何でも、下町の方でも風邪が流行り始めているらしい。そのため、王宮に勤務している魔術師の中で回復魔術を使える者は、皆、町に出て、必要な人を手当しているそうだ。

急な高熱、関節の痛み、咳。

（それって、ただの風邪じゃないのかも？）

この世界に『インフルエンザ』が存在するかどうかは知らないが、前世でも検査をするまではただの風邪と区別がつかない病気は存在した。こちらの世界では検査するような技術は発達していないけれど、同じような病気がある可能性は否定できない。

「かあさま、ぼく、かいふくまじゅちゅつかえる。にいさまたちにかけちゃだめ？」

母の膝に掴まってたずねたら、母はうーんと唸ってしまった。子供のテティウスを、患者のいる部屋に行かせるのは気が進まないらしい。

たしかにテティウスが感染したら、兄達より重症になる可能性は高い。身体が小さい分、抵抗力がないように思われても当然だ。

「ナビ子しゃーん」

　困った時の、ナビーシャ頼みである。テティウスに呼ばれたナビーシャは、ゆらゆらと尾を揺らしながらこちらにやってきた。

「王妃様、もし、回復魔術が必要ならテティにかけさせればいいわ。この子、多少の病気にはかからないから。毒を盛られても大丈夫なぐらいには身体は丈夫よ」

「毒を盛られて大丈夫なのと、身体が丈夫なのは一緒にしてはいけないのではないかしら……？」

　だが、ナビーシャのその言葉に、母も少し楽になったようだった。

　と言いつつも、回復魔術の乱用はよくないというのもわかっているのだろう。ぎりぎりまで、回復魔術を使わないようにしておきたいらしい。

　両腕を組んで、考え込んでしまっている。

「にいさまたち、はやくおきたほうがいい」

「……そうね。テティにお願いするのは気が引けるのだけれど……でも、城下で頑張っている回復魔術師を王宮に呼び戻すのも、ねぇ……」

「ぼくにまかせて」

　回復魔術に頼らないようにしたいという両親の方針も理解はできるけれど、必要以上の我慢をすることもない。

自分が何とかできるから、余計に強くそう思ってしまうのかもしれない。

(兄様達に、万が一のことがあったら嫌だしね)

さすがのテティウスも、死んでしまった人間を生き返らせるのは不可能だ。

医師の診断結果を聞かせてもらおうと、まずはゼファルスの部屋に一緒に行く。

彼の部屋に入ったとたん、部屋の空気が乾燥しているのに驚いた。

(たしか、喉を守るために部屋の湿度は上げておいた方がよかったんだよね……)

風邪を引いた時には、暖かくして、ビタミンをたっぷりとって、部屋が乾燥しないように気をつけてよく寝ること。

それは、前世の母からよく言われていたことだった。たいていの場合、市販の薬を飲んで一晩ぐっすり寝れば、翌朝には動けるようになっていたものだ。

(こっちの薬は、そこまで効力ないんだろうけどさ)

こちらの世界の薬は、薬草を煎じたものが大半だ。錬金術師の中には、薬効成分だけを抜き出した特殊な薬を作る者もいるけれど、その数はそう多くない。

冒険者達が持っている回復薬などは、特別なものなのだ。

兄の側により、額に手をあててみるとじんわりと汗ばんでいる。というか、高熱である。

手で触れた感じだと、四十度近いのではないだろうか。

「ナビ子しゃん、はなしをして」

ここは自分の口で話すよりも、ナビーシャにお願いした方が速い。王宮で働いている者がすべて、テティウスの言葉を完璧に聞き取れるわけではないのだ。

「まず、この部屋は乾燥しすぎね。部屋に濡らした布をかける……いえ、それじゃ追いつかないわね。室内で、湯を沸かし続けてちょうだい」

「すぐに湯を沸かす準備をいたします」

側にいたメイドに命じると、すぐに姿を消した。

戻ってきた時には、男性の使用人がふたり一緒で、湯を沸かすための魔道具と、大きな鍋を運んできた。すぐに鍋が魔道具にかけられ、湯を沸かし始める。

「一気に熱を下げすぎるのもよくないから、テティの回復魔術で少しだけ熱を下げるわ。お医者様がいいって言うまでベッドからは出さないで——薬もちゃんと飲ませること」

「かしこまりました」

それからナビーシャはてきぱきといくつかの指示を出した。

乾燥だけではない。室内の温度、汗ばんだ衣服を取り換えるタイミング。それから、水分補給の大切さも。

部屋を乾燥させない方がいいというのは、意外と知られていなかったらしい。文化の違いなのだろうか。

「テティ、いいわよ」

「ゼフにいさまがよくなりますよーに！」

呪文は適当だが、頭の中に術式はきちんとくみ上げてある。

風邪を引きやすくなるのは、身体が疲れている証拠でもある。父が留守にしている間、ずっと気を張っていたのかもしれない。

身体の回復力を弱体化させないよう、熱は下げるが、平熱までは戻さないし、体力を強引に回復させることもしない。

少し、ゆっくり休む時間をとったと思えばいい。まだ、ゼファルスだって、成人に達していない子供なのだ。

「にいさま、おきたらよろしくね」

「はい、テティウス殿下」

あとは、医師の仕事だ。

テティウスは、アクィラの部屋に赴くと、同じように処置を施す。こちらの部屋も乾燥していた。

部屋の温度湿度を適度に保ち、栄養をとり、ある程度回復させたら、あとは身体の治癒力に任せる。

王宮で働いている使用人達の間でも病は流行り始めていたから、予防のためにうがい手洗いをしっかりすることも、併せて通達してもらった。

幸いなことに、姉ふたりは病には感染しなかった。

王宮で働いている人達も、うがい手洗いを徹底し、本当に必要な時だけ、テティウスが回復魔術をかけることで、重症者は出さずにすんだ。

ゼファルスとアクィラも、テティウスが回復魔術をかけた翌日には平熱に戻り、その翌日には起き出せるほどの回復ぶりだった。

そして、ベッドを離れることができたとたん、ふたりとも城下町のことを心配し始めた。

「兄上、城下町の方が気になるな」

「かぜ、たいへん？」

「ああ……関節は痛いし、頭はぐらぐらするし。ひいおじい様が足元に立っているのが見えた」

「アキにいさま、それ、おむかえきちゃってる！」

曾祖父である先々代の国王は、一昨年に大往生しているので、見えてしまったのならば、大問題である。

「そうだね。僕達は、テティに回復魔術をかけてもらうことができたけれど、町の人はそうはいかないから、心配だね」

「かいふくまじゅちゅ、かけりゅ！」

「母上が言ってたでしょう。テティはまだ小さいから病気が移ったら大変だって」

「うつらないもん」

とはいえ、うつらないと力説しても、家族を納得させるのは難しい。すべての病人のところにテティウスが足を運ぶわけにもいかないだろうし。

（こっそり行っちゃうっていうのはどうかな）

『王様と約束したんじゃなかったっけ？　心配させないって』

（むぅ……でもさあ、子供達が苦しいのは嫌なんだよ）

スピラー伯爵領での経験から、今まで以上に王家も恵まれない者達に手を差し伸べているけれど、現実問題としては手が回っていないところがたくさんある。

（僕が回るわけにいかないのはわかるけどさ……うがい、手洗い、マスク。あとは室温と、水分……それから栄養、だよね）

『栄養は心配しなくていいんじゃないかしら。施設の子なら、監督官がいるもの』

（……ねえ、ナビ子さん。水に回復魔術をかけたらどうなるかな？）

『アンタの回復魔術なら、回復薬と同等の効果をもつようになると思うけど』

（……作っちゃだめかな？）

薬師達の仕事を奪うつもりはない。せめて、熱が下がって、喉の痛みや咳が少しでも楽になるぐらいまで。

『特に今年の病は質《たち》が悪いのよね。死亡者が出てもおかしくはない……大きな被害が出るでしょうね』

それはだめだ。

「ゼフにいさま。ぼく、かいふくまじゅちゅつかう」

「だめだ。テティを患者のところに連れていくわけにはいかないと前から話をしているよね？本当は、僕やアクィラのところにも来たらいけなかったんだよ」

「みじゅに、かいふくまじゅちゅかける。それをくばる」

テティウスの言葉に、ゼファルスは思案の表情になった。

彼自身感染したから、どれだけつらいのか身をもって経験済み。それが、少しでも楽になるのなら。

「テティが無理をしないのなら……って、無理っぽいけど」

「むりちない」

「テティの魔力の量については問題ないわ。それより、どうやって配るのかを考えた方がいいわね」

「ぼーけんしゃくみあいにいらいをだすの。しょきゅーぼうけんしゃ、しごとがひつようでしょう？」

「王宮の騎士を使ってもいいと思うけど……テティの言う通り、初級冒険者に頼んだ方がいいかもしれないな。この時期は仕事が減るらしいし。その分の予算は予備費から回そう。たぶん、母上もそれでいいと言ってくれるはず」

ゼファルスの許可は得ることができた。あとは母だ。

「ゼフにいさま、アキにいさま、てつだって」

まずはふたりの兄の手を借りて、計画書を作る。母と交渉するためのたたき台だ。

テティウスの回復魔術を水にかける方法、そして、分配の仕方。薬師達の仕事を奪わないよう、作るのは今回限り。

民の命を、テティウスひとりに預けるわけにもいかないからだ。

それから、回復魔術をかけた水を配るのは冒険者組合に依頼を出し、仕事のない初級冒険者への援助も兼ねること。瓶の調達方法。

父の代理で政務を担ってきた兄達の手により、立派な計画書が出来上がった。ここまできちんと計画していれば、母の説得もやりやすくなる。

「かあさま、おねがいがあるの」

「何かしら?」

三人で母のところに行ったら、母もまた現状に頭を抱えている様子であった。

「ぼく、おみじゅにかいふくまじゅちゅかける。それを、くばってほしい」

テティウスの提案に、母は思案の顔になった。そんな母の前に、テティウスは兄達に作ってもらった計画書を置く。

「ゼフにいさまと、アキにいさまにてつだってもらった。これなら、もんだいない」

「……なるほど。よく考えられているわね」

テティウスの提出した計画書に目を落とし、母はつぶやいた。彼女の目は真剣なものになっていて、何度も書類を見直している。

「母上、テティがやりたいというのならやらせてみてはどうでしょうか？」

「俺思うんだけど、やるなって言ったら、勝手に出ていきそうな気もするんだ。それって、あまりよくないだろ？」

ゼファルスの援護射撃にはにっこりとしたテティウスだったけれど、アクィラの言葉にはしかめっ面になった。父と約束したから、勝手に出ていくつもりはないのに。

『本当に？』

肩の上に乗ったナビーシャがにゃあと鳴く。

（う、それはどう……か、な……）

言われてみたら、自信がなくなってしまった。父との約束は守りたいけれど、困っている子供達を見捨てることはきっとテティウスにはできない。

「テティウス、あなたはどうしたいの？」

愛称ではなく、きちんとテティウスの名を呼んだ母の言葉に、テティウスも真顔になる。

「ぼくはやりたい。かあさま――ナビ子しゃんも、てつだってくれるからだいじょーぶ」

大丈夫、というのがこのところ口癖になっているような気もする。

「わかったわ。この計画書もよくできている。組合に依頼を出す時、冒険者の中でも生活が苦しい人を優先して受けてもらうようにしましょう。あなたは、王宮から出ないようにね」

「あい、かあさま」

外の様子を見に行くことができれば一番いいのだが、テティウスが外に出るのがまずいというのも理解はできる。

『外の様子を見てくるのは、アタシに任せておきなさいって』

（ナビ子さんにお任せするよ。信じてる）

テティウスの頼みで、大きな鍋一杯の水が用意された。まずは、それで挑戦してみようというのである。

まず、水にレモンを絞ってもらう。

子供の頃、風邪を引いた時に飲まされたのは強い甘みのついたシロップ。それを思い出しながら、かなり甘めになるよう蜂蜜をたっぷり入れて調整した。

（子供達が、元気になりますように……！）

そう願いをこめながら、頭の中に思い描く術式。

テティウスの前に置かれていた鍋がまばゆく輝いた。スプーンを突っ込み、まず味見。

蜂蜜の甘味にレモンの爽やかな酸味。何杯でも飲めてしまいそうだが――これは、子供用のシロップだ。

「これでだいじょうぶ。じょうかしたびんにいれて、こどものいるしせつにくばって」

一口飲ませれば、それでかなり病状はよくなるはずだ。

テティウスの言葉に、使用人達が手際よく鍋の中身を瓶に移動させていく。まず配るのは、両親のいない子供達が暮らしている施設。

次が、医師のところだ。診察料を払えない貧しい人にも、この水だけは無料で配るように伝えてもらう。

施設や医師のところに運ぶのは、冒険者に依頼を出した。それから、医師の診察を受けられないほど弱っている人がいないか調査するのもお願いをした。

この水を悪用しないよう、三日後にはすべての効力が失せるようにも設定した。盗んで家に隠しておいても無駄である。

効力が失せる頃を見計らい、新しい水を作って配ってもらう。

こうして、一週間もする頃には、城下町も落ち着きを取り戻した。テティウスの能力について、王宮はあまり公にしないようにしてきたけれど、ここにいたって「神の寵愛を受けた子である」という噂が広まり始め、王都ではあがめられる存在になったのだった。

＊　＊　＊

テティウスが「神の寵愛を受けた子」として、王都ではあがめられる存在になった頃――。

そんなことはまったく知らないテティウスは、王宮の庭園にいた。

「ゆき、すごいねえ！」

昨晩、今年一番の大雪が降ったのである。珍しく、ナビーシャはテティウスの側にいなかった。廊下の窓から、テティウスの様子を見守っている。

（ナビ子さんも来ればよかったのに。楽しいよ）

『やーよ。雪は冷たいし濡れるし。だいたいここだって寒いんですからね、外になんて行くものですか！』

それが楽しいのに。

とはいえ、猫は濡れるのを嫌う個体が多いらしいから、翼猫と同じ形をしているナビーシャもそうなのかもしれない。

『アタシは猫じゃないんだけどっ』

心の声が、つつぬけになっているというのも何だか微妙である。寒いところに出たくないなんて、やっぱり猫っぽい。

それはともかくとして雪である。雪。

テティウスの前世である優人は雪が大量に降る地方に住んでいたわけではなかったから、こんなにたくさんの雪を見るのはめったにないことだった。

テティウスの腰のあたりまで埋まってしまいそうな、白くてふわふわとした雪。

出勤の必要がなく、交通網の麻痺なんて考えなくていいからこそ、雪が降っただけでうきうきそわそわしてしまう。

（食べたらおいしそう……）

『雪には空中のゴミがいっぱいついてるから、綺麗に見えてもやめておいた方がいいわよ』

（おいしそうって思っただけだって！）

実際に食べようとは思ってはいない――いや、ちょっとは思った。かき氷用のシロップなら、厨房にお願いすればいくらでも手に入る。

それはともかくとして、外に出てきたら、やることはひとつである。雪玉を手に取り、ころころと転がしてみる。

周りの雪を巻き込みながらどんどん大きくなっていった雪玉は、すぐに転がすのが難しいほどに成長した。

「よいしょ、よいしょ」

力を入れて押す。同じ方向にばかり転がさず、まんべんなく雪を巻きつけて大きくなるように。

「……できた」

最終的には、テティウスの胸ぐらいの高さぐらいの大きさの雪玉を作ることができた。

それから、同じ作業をもう一度。先に作った雪玉を見ながら、バランスの取れた大きさを目指す。

出来上がったところで雪玉を持ち上げようとし――大きくて持ち上がらなかった。

「むぅ」

腕を組み、雪玉を睨みつける。こんなに大きな雪玉、自分ひとりの力では持ち上げることすらできなかった！

「テティ、何やってるのさ」

「アキにいさま！」

テティウスが雪玉を睨んでいたら、外に出てきたアクィラがひょいとのぞきこんでくる。

ふたつ並んだ雪玉を見比べた彼は、テティウスがやりたかったことにすぐに気づいたみたいだった。

「これ、載せたいのか？」

「うん。でも、ぼくにはむりだった」

「任せろ――って、重いな？　雪、意外と重いな？」

重い重い言いながらも、アクィラはぐっと力を込めて雪玉を持ち上げた。そして、それを最初に作った雪玉の上に載せてくれる。

「首の周り固めておけよ。転がり落ちないように」

「うん！」

テティウスは、ふたつ重ねた雪玉の接着面に新たに雪を押しつけていく。丁寧に固めたら、雪だるまの完成だ。

「……ふぅ」

自分と同じぐらいの大きさの雪だるまを作って満足していたら、横からアクィラがとんでもないことを言い出した。

「テティだったら、俺に助けてもらわなくても、自分で載せられたんじゃないか？　そういう魔術もあったよな」

「……あ」

言われてみればそうだった。

重たいものを持ち上げる魔術もこの世界には存在している。そして、テティウスは、その魔術もある程度使えるようになっていた。

今作っていた雪だるまの頭サイズなら、人の力を借りなくても簡単に持ち上げることができたはずだ。

「……むぅむぅむぅ」

「ま、人に頼ることができるってのも大事だからな」

それはそうなのだが、アクィラに言われるまで自分にできることを忘れていたというのが面白くない。

むぅむぅと唸りながらテティウスは、まだ誰も手をつけていない方向に向き直った。真っ白で踏み荒らされていない雪が広がっている。

（……これだけあれば、『あれ』が作れるよな……）

こんなに大量の雪があるのなら、かまくらを作ることができるではないか。前世では一度も経験したことがなかったけれど、これだけあれば問題ない。

「じゃあ、こんどはまじゅちゅつかう！」

頭の中に思い描く術式。

（雪を集めて、固めて……）

どうせなら、皆で入ることのできる大きさがいい。

雪を集めて、ぎゅぎゅっと固めていく。日本では固めてから中を掘っていったけれど、ここではテティウスの思い描く魔術の通りになる。

（形は変えない方がいいよな……入口は小さめに、中は広く。全体的に丸くして）

最初から中に空間ができるように、完成形をイメージして上から下から雪を固めていく。

あっという間に周囲の雪が集められ、真っ白なドームが出来上がった。

「くずれないように、しっかりかためる！」

丈夫に作ったつもりだが、皆で遊んでいる間に崩れてきては困る。しっかりと現状を保つために硬化の魔術もかけてかまくらの完成だ。

「うわ、すごい！　雪の家だ！」

「かまくらっていう」

かまくらが出来上がるのを最初から最後まで眺めていたアクィラはまっさきにかまくらの中に入っていった。

「お、意外と温かいな？」

「ここでココアのむ。いいでしょう」

「お、それは楽しそうだ。マシュマロも焼くか？　この家溶けちゃうかな」

「だいじょーぶ。ぼくがまじゅちゅとくまでくずれない」

ちょっと待ってろと言い残したアクィラは、ぱっと走り出していった。

戻ってきた時には、野営用のコンロとマシュマロを抱えていて、一緒にゼファルスもついてきていた。

「へえ、これテティが作ったの？　この中でマシュマロ焼くんだって？」

「ゼフにいさまもはいる？」

「入れてくれる？　僕はこれ持ってきたから」

ゼファルスが取り出したのは、クッキーの袋である。

外でのおやつ。雪の中で食べるというのは初めての経験だ。

「おー、ひんやり」

中に入って見ると、思っていたより暖かかった。風を遮ってくれるからだろう。だが、壁はひんやりとしている。

そういえば、前世では氷で作ったホテルなんていうのもあったっけ。あれ、氷の中で寝るって寒くなかったんだろうか。

なんて思いながら、兄ふたりがおやつの準備をするのを眺めていた。

アクィラの手際は意外とよく、マシュマロを串に刺していく。

さて、火をつけようかというところで、厨房からアツアツのココアも届けられた。

「あっつい」

「テティはもうちょっと待った方がよさそうだね。かきまわしてあげようか？」

「じぶんでできる」

ゼファルスが手を出すけれど、ココアをかきまわすぐらい自分でもできる。あまり甘やかされるのは何だか違うと思ってしまう。

ポッと火があがり、串に刺したマシュマロにおいしそうな焦げ目がつく。

「いただきまーす」

「私達も入れて！」

出来上がったばかりの焼きマシュマロを食べようとしていたら、いつの間に出てきたのか、部屋にいた双子が入口から中を覗き込んでいる。

「ねえさまたちもどうぞ」

それなりに大きく作ったつもりだけれど、五人も入ればぎゅうぎゅうだ。だが、この狭さもまた意外と心地よかった。

姉達の手にもしっかりとココアのカップが握られている。アクィラが追加のマシュマロを焼き始め、また甘い香りがかまくらの中を満たした。

「そうそう。テティのおかげで街の呪いはおさまったって評判になってるの知ってた？」

「のろいなんてといてないよ？」

「テティの作った薬。あれ、よく効いた」

「あぁ……」

ヘスティアの言葉で理解した。テティウスの作った薬が、呪いを解く聖水扱いになっているらしい。

「みんながげんきになったのならよかったよ」

テティウスからしてみれば、あれは呪いではなく質の悪い病気だ。だが、この国には、それを治すための手段が乏しかった。

たまたまテティウスはそれを知っていただけのこと。たいしたことをしたわけじゃない。

「それでも、だよ。テティ、君の能力に皆が助けられているんだ」

頭に置かれたゼファルスの手は、とても大きくて温かい。

「そうそう。皆の感謝の気持ちはちゃんと受け取っておけよ」

反対側から、アクィラが肩を叩いてくる。

魔道具のコンロを挟んで向かい側にいた双子も、触れたくてそわそわしているみたいだった。

「テティは偉い」

「そうね。テティのおかげで、私とヘスのお勉強もずいぶんはかどっているもの」

「修理屋さんも」

「あれは、私達にも勉強になったわ。子供達の役にも立っているみたいだし。いいことよ」

以前、ネレアから頼まれた建物を修理する方法。

ユスティナとヘスティアは、簡単にひびを埋められる魔道具を開発してくれた。粉にした木材や、石材などを吹きつける魔道具と、吹きつけられたそれらの素材を固めるための魔道具である。

ちょっとしたひび割れ程度なら埋められるその魔道具は、下町の住民達にも重宝されていて、王宮から貸与されているその魔道具を持っている施設の子供達は、「修理屋さん」として働くことになったのだ。

子供達はお金を稼げる、依頼人達は職人に依頼するほどでもないひびや欠けを安価に修理できるというわけで、施設の子供達の新たな収入源を確保できた。

「ねえさまたち……」

ふたりに偉い偉いと撫でられて、胸がほかほかと温かくなってくる。

ちゃんと、今の家族にも愛されているということを実感していたつもりだったのに。

(まだ、皆の気持ちをちゃんとわかっていなかったみたいだ)

改めて家族の愛を実感する。

自分が、この世界でもちゃんと生きていくことができそうだと思うと安心した。

＊　＊　＊

テティウス五歳の誕生会で知り合ったスピラー伯爵家のイヴェリアとは、文通をする仲だ。

文通をする仲といっても、王子と貴族令嬢であるふたりだ。便箋も封筒も最高級のもの。書くためのインクも当然そう。

上等な文房具を使うのだからと、テティウスも丁寧に文字を書くようにしている。

内容はたいしたものではない。こんな勉強をしたとか、こんな美味しいおやつを食べたとか。

家族との会話だったり、面白かった絵本の話だったり。

そんなささやかな日常をつづった手紙だけれど、前世では文通なんてしたことがなかったから新鮮だ。

（そう言えば、イヴちゃんからの手紙、ちょっと間隔空いてるな）

と、不意に思った。

イヴェリアからの手紙は、週に一度ぐらいの頻度で届く。最後に手紙をもらったのは、二週間前。今回は少し間が空いているような気がする。

とはいえ、イヴェリアも自分の生活というものがある。もしかしたら、テティウスとの文通に飽きてしまったのかもしれない。

それはそれで少し寂しいような気もするけれど——彼女とは友達だから、今度会った時にいっぱいおしゃべりすればいいか。

「殿下、国王陛下がお呼びでございます」

「とうさまが？」

ぱっと時計を見上げる。まだ、朝食を終えて一時間とたっていない。

父は仕事をしている最中で、この時間帯にテティウスに声がかかるのは珍しい。

いったい、何があったというのだろう。

「とうさまのようじはなにかしってる？」

「いいえ。殿下、どうなさいますか？」

「すぐにいく」

いつもはテティウスを呼ばない時間帯に、呼び出してくるのだ。きっと何かあるのだろう。

不安だ。兄達が呼ばれていないこともその不安に拍車をかけていた。

呼び出されたのは、父の執務室。テティウスがここに足を運ぶことはめったにない。事件の気配をかぎつけたナビーシャも、テティウスの肩に飛び乗ってついてきた。

「とうさま、ぼくをおよび？」

「まあ、そこに座りなさい。ナビ子さんも、クッキーはどうかな？」

「いただくわ」

執務室には、豪華なソファセットも置かれていた。磨き抜かれた年代物のテーブルに、銀のティーセットが並べられる。

テーブルの上に乗ったナビーシャは、出されたクッキーに遠慮なくかじりついた。尾がピンと立っている。

テティウスも手を伸ばす。チョコチップが入っていて、甘い。

「ここに来てもらったのはだな、テティの力を貸してほしいからなんだ」

「いいよ。ぼくになにができる？」

「スピラー伯爵令嬢を覚えているな？」

「イヴちゃん。おてがみくれます。ぼくもおへんじをかく、ぶんつうともだち」

ちょっと手紙の感覚が空いているのが気にならないと言えば嘘になるが、イヴェリアとは仲のいい友達だ――というか、テティウスの方はそう思っている。

「そうか。彼女の父であるスピラー伯爵から、テティに助けを求める手紙が届いた」

「ぼくに？」

イヴェリアとは仲良くなっているが、伯爵とは個人的な接点はほぼない。

せいぜい「友達のパパさん」程度の認識であって、顔を合わせれば挨拶ぐらいはするし、施設の子供達についての報告は受けているが、その程度のものだ。

テティウスを名指しで助けを求めてくるという理由に、心当たりなんてなかった。

「イヴェリア嬢が倒れた」

「……え？」

手に持っていたクッキーがぽろりと落ちた。テーブルの上だからセーフということにしておこう。

「イヴちゃん……イヴェリアじょうがたおれた？」

「そうだ。しかも、原因不明――神殿に調べてもらったところ、呪われている可能性が高いという結果が出たらしい」

テーブルから取りあげたばかりのクッキーが、もう一度転がり落ちた。

何で、イヴェリアが呪われているという話になるのだ。テティウスがじっと父を見ていると、彼はため息をついた。

「まだ、五歳の女の子だ。そんな彼女が呪われる理由なんて――」

「ぼくにはわかりません。どうしてイヴちゃんがのろわれなければならないの？」

「……神官達の手に負えないから、テティの力を借りたいということかしら？」

「そうなんだ。呪いについて、まったくわからない。それに、ナビ子さんの力に期待しているというのもあるのだろう」

もしかしたら、子供のテティウスより、神獣であるナビーシャに期待しているという面の方が大きいのかもしれない。彼女は、テティウス以外の人とも会話ができるから。

「んー、ぼく、スピラーりょうにいく？」

「頼めるものなら頼みたい。テティも、友達が心配だろう」

「うん。しんぱいです。イヴちゃんからのてがみがこなくて、どうしたのかなっておもってた」

「テティを王宮から出すのは心配なんだが……」

「だいじょうぶ。ナビ子しゃんがいてくれるから」

「もちろん、ナビ子さんやお前の力を信じていないわけではないよ。だが、心配なものは心配なんだ。お前の父親だからな」

家族の愛がどんなものなのか、テティウスはちゃんと知っている。父と母が、五人の子供達をどれだけ愛しているのかも。

「あきにいったから、てんいしたらすぐにいける。いってきましゅ」

「……気をつけて行ってきなさい。必要なものは、こちらで用意するから」

「あい。とうさま」

五歳の子供をひとりで家から——ここは王宮なわけだが——のは、どれだけ心配なことだろう。だが、テティウスは普通の子供ではない。

「転移で行くの？」

ナビーシャの問いには、うなずいた。

（その方がいいと思う。魔力は使うけど、一刻も速くイヴちゃんの様子は確認したいしね）

転移の魔術を使うには、テティウスといえどかなりの魔力を必要とする。

オオカミの魔物達を新たな縄張りに送った時には、どれだけの魔力を使ったのか自分でもわからないほどだ。おかげで、父のテントに転がり込んで寝台を奪う羽目に陥った。

「術の制御はアタシに任せておきなさいな。アタシもあの子は気に入ってるの」

「うん。ぼくもイヴちゃんのことすきだよ」

恋愛感情かと問われたら、それは違うと返す。

だが、心の年齢が身体の年齢に引きずられている面があるだろうとはいえ、イヴェリアと過ごす時間は楽しいものだった。彼女のような幼い子供に呪いをかけるなんて、信じられない。

支度を始めようと部屋に急いでいたら、へスティアとユスティナがふたり揃って駆け寄ってきた。

「テティ、話は聞いたわ！　私達にも手伝わせてちょうだい。イヴェリア嬢へお見舞いを持って行って。使い方は、こちらの手紙を渡せばわかるから」

「私とユスが作った」

「呪いって身体を弱くするのでしょう？　これをベッドに入れたら温かくなるの。身体を冷やすのはよくないって、お母様が言っていたもの。試作品だけど、役に立つと思うの」

ヘスティアとユスティナが作ったのは、足元を温める湯たんぽであった。

いや、魔石で温かくするのだから湯たんぽというのは少しおかしいかもしれないが、とにかくベッドを温かくする魔道具である。

テティウスとしては電気毛布を提案したかったのだが、どうしても重くなってしまうらしくて、今のところ実用には至っていない。

「ありがとう、ねえさまたち。いこう、ナビ子しゃん」

「ああ、待て待て。これも持っていけ」

「アキにいさま、おかしはたべないとおもう」

アクィラが持ってきてくれたのは、焼き菓子である。大量のクッキーやカップケーキ。寝込んでいる子供には重いだろう。

「これは、デクランにだよ。甘いものがあれば気がまぎれるからな」

イヴェリアのことはともかく、彼女の兄のことまで気が回っていなかった。

アクィラには、こういう気の回し方をするところがある。子供に大量の菓子を与えるのがいいか悪いかは別として、たしかに気はまぎれるかもしれない。

「あと、僕からはこれ。いい香りがしたら喜んでくれると思うんだ」

ゼファルスが抱えてきたのは、香りが弱い品種の薔薇を集めた花束だった。王宮の温室で育てられているものだ。

食卓に飾るため、香りをおさえるように品種改良されたものだけれど、たしかに病人の枕元に飾るのならば香りは強すぎない方がいい。

「ありがとう。ゼフにいさま。きっとイヴちゃんもよろこんでくれる」

柔らかなピンクや黄色を中心に選ばれた花束。

温室を適温に保つには、大量の魔石が必要となる。この時期に薔薇を入手できるのは、よほどの資産家ぐらい。きっと喜んでくれる。

「テティ、着替えを入れておいたわ。もしかしたら、数日あちらに滞在するかもしれないし。温かくして行ってくるのよ」

母から渡されたのは、肩掛け鞄《かばん》の中にまとめられた荷物。渡された品々は、収納魔術の中に収納し、テティウスがまたがれるほどの大きさになったナビーシャに乗る。

「いってきます！」

その言葉が終わるか終わらないかのうちに周囲の景色が歪んだかと思うと、あっという間に違う景色へと切り替わる。到着したのは、伯爵家の庭だった。

「しょうめんげんかんにいこう」

ナビーシャにまたがったまま、入口へと向かう。

今の今まで温かな部屋にいたから、しっかり着込んでいても吹きつけてくる風は冷たい。

伯爵家に仕える騎士達はよく訓練されているようだ。正面玄関の扉をたたく前に、誰何《すいか》の声に止められた。

「——何者だ！」

「お黙りなさい。テティウス王子と、ナビーシャ・ビビエッタ・コレリーが来てやったわよ。さあ、早くイヴちゃんのところにアタシ達を連れて行きなさい」

胸をそらせるナビーシャと、その背中に乗っているテティウス。秋に訪れたばかりということもあり、相手もすぐにこちらが何者なのか気づいた様子だった。

「——殿下！　それに、ナビ子様！　大変失礼いたしました！」

「ナビーシャ・ビビエッタ・コレリーだって言ってるでしょ！」

皆が「ナビ子」「ナビ子」と呼ぶので、騎士達の間でもそれで定着してしまったそうだ。本来の意味を知っているのはテティウスとナビーシャだけではあるけれど。

ぴしりと姿勢を正した騎士達は、恭《うやうや》しくナビーシャの両脇を固める。扉を開き、中へと案内してくれた。

「まったく……治療が終わったら、そのあたりのことも改めてもらわないといけないわねっ！」

ぷりぷりとしながら、ナビーシャはテティウスの前に立って歩く。いつもとは違って、テティウスが乗れるほど大きなサイズのまま。

ピンと立った尾が左右に揺れている。彼女は、何か感じ取っているらしい。

「……本当、空気が悪いわね」

「うん。イヴちゃんのようすをかくにんしたら、やしきのなかぜんぶじょうか、しておこうか」

イヴェリアの様子を確認していないために、こちらにどれほどの力を割けるのかはわからないから様子見だ。

バタバタと慌ただしく向こう側から走ってきたのは、この屋敷の主スピラー伯爵であった。

そのあとから、伯爵夫人がスカートを持ち上げて走ってくる。貴族の女性が、スカートを持ち上げて走るなんて本来はあってはならない無作法だ。

けれど、今はイヴェリアが心配でならないのだろう。

「――殿下！　来てくだったのですね！」

「うん。イヴちゃんはたいせつなともだちだから。ぼく、おへやにはいってもいい？」

女性の部屋に入るのは、本来マナー違反なのでちゃんと伯爵に確認する。

「はい。どうか診てやってくださいませ」

藁《わら》にもすがる思いでテティウスを呼んだのだろう。伯爵は、真っ先にテティウスをイヴェリアの部屋に案内してくれた。

「イヴちゃん……」

テティウスの背後から、ゆったりとした足取りでナビーシャがついてくる。

苦し気に眉を寄せて目を閉じ、微動だにしない彼女の様子は、生きているのかどうか心配になってしまうほどだった。

（……呪いだ）

イヴェリアの身体の周囲を、真っ黒なものが取り囲んでいる。まさしく、呪いだ。

（……こんな小さな子を……！）

テティウスの胸に芽生えたのは、イヴェリアをこんな目に遭わせた相手への怒りだった。

何が理由で、こんな幼い子を呪うのだろう。

（ナビ子さん、呪いをお返しするっていうのはどうかな……？）

『できるけど、いいの？』

（僕、怒ってるんだよ。イヴちゃんと同じぐらい苦しめばいいと思う）

前世の日本には、「人を呪わば穴二つ」という言葉があった。

これは、人を陥れようとすると自分も同じ目に遭うという意味だ。

悪意を持って他人を陥れたり害そうとしたりする人を戒めるための言葉である。

平安時代、陰陽師が人を呪う時には、呪い返しに遭うことを覚悟して自分の分も墓穴を用意したことがその由来らしい。

幼い子を犠牲にしようというのだ。自分に返ってくることぐらい覚悟しているだろう。ならば、その覚悟にたいして応えてやろう。

――なんて言い訳しているけれど。

テティウスは、とても腹を立てているだけだ。大切な友人が呪われた。それも幼い子供が。

この世界に来て王族として生きることを知った。時として、犠牲を払うような選択を迫られることもあるだろうというのも予想している――けれど。

それでも、イヴェリアが犠牲となったことに、テティウスはこんなにも憤っている。

子供に罪はないではないか。

（まずは、呪いの源を探して――返す！　ナビ子さん、手伝って）

『オッケー、まかせなさいっ！』

ベッドの側に膝をついた。イヴェリアの手を両手で包み込む。

眉を寄せて苦しそうな呼吸を繰り返すイヴェリアの手は、思っていた以上に熱かった。熱が高すぎる。

（そのまま返すのでは、面白くないね……イヴちゃんが苦しかった分、ちゃんとお返ししなくちゃ）

『魔術式を構築するのも、魔力の制御もアタシが手を貸すから大丈夫。さあ、どんなお返しをしたいのかしら？』

イヴェリアの手を握り、まずは彼女の身体をむしばむ呪いをそっと引きはがす。他の人の目には見えていないだろう黒い呪い。

それをテティウスの魔力で包み込み、上からテティウスの望む魔術式を上書きしていく。

（まずは、呪いの痕跡から呪っている人を見つけるでしょー、それから、イヴちゃんの二倍ぐらい苦しい思いをするといいよね。うーんとあとは……耳元で『自首しろ』って囁く声が聞こえるのはどう？）

『いいわね。ついでだから、視界に常に恐ろしい魔物が見えるようにしましょう』

（それだけじゃ足りないね……？）

『ずっと足の裏が痒いっていうのはどう？』

足の裏がずっと痒いなんて最悪だ。人前で靴を脱いで、かきむしるわけにもいかないし。

（それ地味に嫌だね、採用！　爪を切ったら、毎回深爪しちゃう呪いも追加しておこうか）

だんだんと、返す呪いの内容が『怖い』ものから『地味につらい』ものへと変化し始めてきた。『食事のスープが毎回ぬるい』だの『買い物の度に小銭をぶちまけてしまう』だの何を考えているのか自分達でもわからないようなものまで追加する。

「じゃあ、のろいはのろったひとのところへかーえーれー！」

ナビーシャの助けを得て、呪いの塊を外へと放り出す。あとは、書き込んだ魔術式がいい仕事をしてくれるだろう。

呪いを飛ばすのと同時に、せわしない呼吸を繰り返していたイヴェリアが目を開いた。側にテティウスがいるのに気づいて、見開いた目が大きく丸くなる。

「……テティ殿下？」

「うん、ぼくきたよ。イヴちゃん、よくがんばったねぇ……えらいえらい」

「……うん」

きゅっとイヴェリアの手を握ったら、きゅっと握り返される。彼女の命を救えたことに安堵した。

「あのね、これ、ゼフにいさまからおはな。あと、ユスねえさまとヘスねえさまからはベッドをぬくぬくにするまどうぐ。アキにいさまからのおかしは、おにいさんといっしょにたべて」

「殿下、もう行っちゃうの？」

兄や姉から持たされたお見舞いをイヴェリアのベッドの側に広げる。テティウスが帰るのだと思ったらしいイヴェリアは、心細そうな顔になった。

「ううん、まだいるよ。イヴちゃんがげんきになるまでここにいるね」

王宮には、伯爵から連絡を入れてもらおう。

呪いを引きはがすのも、いろいろおまけをつけてお返しするのも大量に魔力が必要だったから、ちょっとくたびれてしまった。

「ふわ……」

大急ぎで来たから、急に疲れが出てきたような気がする。屋敷の浄化もしないとだけど、それはあとでもいいか。

イヴェリアのベッドに頭をもたせかけると、そのまま眠りに落ちてしまった。

第八章　まるっとおまけな人生だから、できることはやりたいよね

イヴェリアがベッドから出られたのは、それから三日後のことだった。

あの時、イヴェリアのベッドで眠り込んでしまったテティウスは、伯爵によって客間に運ばれた。

食事もとらず一晩丸々眠り続けたテティウスのことも、伯爵家の人達は心配してくれたそうだ。

「殿下、娘を助けてくださってありがとうございました」

「どういたしまして。ぼくがやったのは、イヴちゃんがげんきになるおてつだいだけ」

呪いは祓ったものの、身体が受けたダメージそのものまで相手に返せたわけではない。

身体の回復を促進する魔術を毎日少しずつかけて、ようやくベッドから降りる許可を出せた。

最初から全部治してしまうこともできたけれど、呪いにむしばまれた身体を一気に治してしまうのは怖かった。

身体の回復力を失わせる結果になりかねないとナビーシャからも忠告を受けて、回復を促進させることだけに専念したのである。

イヴェリアが眠っている間は、屋敷を浄化し、隣の部屋でナビーシャとゆっくり過ごしてい

た。それから、家の中にこもりきりはよくないというナビーシャの忠告を受けて、外にも出かけた。

「テティ様、見て見て！」

と、子供達が、施設で育てた野菜を見せてくれたり、修理屋さんの仕事ぶりを見せてくれたり。自分の教えたことが役に立っていてほっとした。

ミケルも、日々畑の世話をして、空いた時間は市場の手伝いをして収入を得ているという話を聞かせてもらった。

子供達の間ではナビーシャも大人気。遠慮なく撫で回されるのは少しばかり迷惑だったかもしれないけれど、子供達の相手をしてくれた。

（いろいろあったけど、来てみてよかったな）

イヴェリアも元気になったし、伯爵領を見て回れた。今回の訪問は、大きな収穫があったと言ってもいい。

そして、イヴェリアが元気になったなら、テティウスは王宮に帰らねばならない。

籠にスピラー領の特産品や山ほどお菓子を詰めてもらい、両親への手紙も渡されて、帰宅の途につくことになる。

帰りは転移魔術で一気に飛ぶ。応接間で別れることになった。

「殿下、また遊びに来てくれる？」

イヴェリアは大きな目でテティウスを見つめる。

「もちろん。とうさまとかあさまがいいよっていったら、またにいさまやねえさまたちといっしょにくるね」

「はい、お待ちしていますね」

花開くように笑ったイヴェリアは、ちょっぴり頬を赤くした。それを見たテティウスも、耳が熱くなった気がする。

初めて訪れた王都以外の地だからか、ここはテティウスにとってもとても大切な場所になりつつあるみたいだ。

「じゃあ、またね！」

さようならと伯爵家の人達が深々と頭を下げる中、テティウスとナビーシャは一気に王宮へと飛んだ。飛んだ先は、父の執務室である。

「ただいまかえりましたー！」

「……お帰り」

ちょうど仕事中だった父は、手を止めてテティウスを手招きした。ナビーシャから降りて父に近づけば、膝に乗せられる。

「よくやった。偉いぞ」

「とうさまが、ぼくをいかせてくれたから。それで、イヴちゃんをのろったひとはつかまった？」

きゅっと力を込めて引き寄せられ、テティウスは父の胸に頭をすりつけた。伯爵家では大切にしてもらったけれど、数日、人の家にいたから少し疲れたようだ。

「自首してきたから、地下牢に閉じ込めてある。黒幕までは白状しないが、それも時間の問題だろう」

テティウスとナビーシャがかけた地味に嫌な呪いだけではなく、イヴェリアが受けた苦痛を何倍にもしてお返しさせてもらった。

術者の耳元で「自首すれば楽になる」と囁き続ける呪いの効果もあいまって、想定していたより早く自首してきたらしい。

「とうさま。ぼく、ちかろうにいっちゃだめですか？」

「子供に見せるようなものでは――」

「ぼくがはなしをするひつようがあるとおもうんです。だって、のろいをおかえししたのはぼくだから、ぼくがちゃんとはなしをしないと」

テティウスの言葉に、父は目を見開いた。唇を強く引き結び、懸命に思考を巡らせているようだ。それから彼は、テティウスの頭に手を置いた。

「テティは、私が思っているよりもずっと大人なのだな」

「そういうわけじゃ、ないとおもいましゅ」

大人に見えているのだとしたら、前世の記憶がものを言っているのだろう。

テティウスは、自分の意思で呪いを返した。人を呪い返すという選択をした以上、その責任を果たさなくてはならない。

「ぼくは、やりたくないことはやりません。のろいをかけたひととはなしをするのは、ぼくがやりたいからやるの。もしかしたら、いらいしたひとをはなしてくれるかも」

「……だがな」

「王様、アタシからもいいかしら？　テティなら大丈夫。だめそうなら、アタシが責任を持ってテティを牢から連れ出すわ」

「ナビ子さんにそう言われてしまってはな……」

ナビ子さんじゃないんだけど、と口の中でぶつぶついいながらも、ナビーシャは尾でぺしぺしと床を叩いた。その様子を見ていると、安心してもいい気がしてくるから不思議なものだ。

「わかった。話をしてくれ――ただし、私も同行する」

父が同行することを条件に、地下牢へ行くことを許された。

（できることなら、父様にはあまり見せたくなかったんだけどな――）

『アンタのことを愛しているのよ。アンタを理解しようとしている。たくさんの愛と共にね。恐れずに、アンタ自身を見せてあげなさい。彼が離れていくことはないから』

（うん、そうだね）

父が先に立ち、あとからテティウスとナビーシャもついて歩く。階段を下りていくと、だんだんと周囲の空気がひんやりとしてきた。

じめじめとした地下牢は、あまり居心地のいい場所ではない。今、牢に入れられているのはひとりだけだそうで、父は迷わず奥へと向かう。

「陛下、どうかなさいましたか」

「囚人と話をしに来た。囚人はどうしている？」

「どうもこうも。何も話をしようとはしません。話をする元気もないのでしょうが」

父に連れられて、なおも奥に進むと、そこが地下牢だった。くぐもった声と同時に、もそもそと動く音が聞こえてくる。

「――おい、こちらを向け」

そう命じる父の声は、今までテティウスが聞いたことがないほど低いものだった。奥にいた男が、のろのろと視線を上げてこちらを見る。

眠ることができていないのか、男の顔には疲れがにじんでいた。靴は脱ぎ捨てられていて、しきりに片方の足でもう片方の足の裏をかいている。

「……おじさん、あし、かゆい？」

「痒いさ。だからどうした？」

なぜ、こんなところに子供がいるのだろうと男も思ったのだろう。テティウスを見たとたん、顔をしかめたけれど、テティウスの言葉には素直に返してきた。

「ぼく、それをとめてあげられるよ」

「何だと？」

「だって、おじさんにのろいをかえしたのぼくだもの」

驚愕に目を見開いた男に対し、言葉を重ねてやれば、男はテティウス達と彼を隔てている鉄格子をがしっと掴んだ。がたがたと揺さぶりながら吠えたてる。

「嘘だ！　俺の呪いが、こんな子供に跳ね返されるはずはない！」

「んーん、ぼく。ぼくがやったの――ナビ子しゃんのちからをかりてね」

「ナビ子さんじゃないってば！　アタシは、ナビーシャ・ビビエッタ・コレリー。この世界の女神アスタナの意を受けて地上に降りた神獣よ！」

男の前でナビーシャは尾をピンと立てた。

身体を膨らませたかと思うと、彼女はどんどん大きくなる。頭の高さが父の頭と同じぐらいになるまで大きくなると、彼女はずいと男の方に顔を寄せた。

「アンタの足が痒いのも、夢の中でうなされるのも、ぜーんぶアタシとテティがアンタの呪いをいじったせい。知ってる限りのことを吐きなさい。さもないと、アンタの魂は、永遠に地獄をさまようことになるわよ」

フシュッと鼻を膨らませながら囁かれ、男は一歩、後ろに下がった。手がわずかに震えているのをテティウスは見逃さなかった。

「おじさん、あしのうら、もうかゆくないでしょ？」

「え……？　あ、本当だ……」

テティウスが解いたのは、足の裏が常に痒くなるという呪いだけだ。毎回深爪するとか、しょっちゅう角に足をぶつけるとかの呪いはそのままだ。

「それ、ぼくがといたの。ぜんぶはなしてくれたら、おじさんにはねかえされたのろいはじょうかしてあげる。あとのことはとうさまとそうだんして」

「……俺はどうなる？」

足の裏の痒みがおさまったことで、男はテティウスの言葉を信じてもいいという気になったらしかった。父は男を睨みつけ、新たな問いを重ねた。

「余罪は？」

「……殺そうとしたのは初めてだ。それ以外の呪いなら何度も引き受けた――怪我をさせたり、病気にさせたり」

男の言葉に、父はうぅんと唸った。男の処遇をどうしたものか、父もこの場では判断しかねるようだ。

「……ぼく、おじさんをころしたいっておもってますよ？」

低い低い子供の声に、牢の中にいる男は肩を跳ね上げた。子供らしからぬ言葉の選び方、子供らしからぬ声音。

「イヴちゃんをあれだけくるしめたんだもの。まりょくでおじさんのゆびをはんたいほうこうにねじまげてぐりぐりひねりあげて、あしのこゆびをがんがんかどにぶつけてやって、えーとえーと……」

指折り数えながら、続きをひねり出そうとするものの出てこなかった。前世でも今世でも、テティウスの間近に暴力は存在しなかったから。

「ええと、とにかく『もうゆるしてください』っておじさんがなくまでいたいめにあわせてからしんだらいいとおもいます――でも、それはしません」

え？　と驚いたように男は目を見開いた。それは、父も同じ。ふたりの前で、テティウスは指を振る。

「だって、それじゃあとあじわるいですからね。イヴちゃんもそれはいやだとおもいます――だから、おじさんにはだれがいらいしたかはいてもらいます」

「誰が吐くか！」

「ぼくは、おじさんがはかなくてもいいんです。まじゅちゅでじょうほうをぬきだすことはできるからね。でも、それだとすっごくいたいし、とうさまはおじさんをしけいにするとおもうの」

本来、貴族を殺せば死刑だ。イヴェリアの場合、実際に手を下したのではなく未遂だが、それでも死刑にはなるだろう。

「どうする？　ぼくはどっちでもいいの。でも、はなしてくれたら、おじさんにわるいようにはしません」

「い、いてててっ！」

「これ、ぼくのまじゅちゅね」

牢の鉄格子越しに、男の脳に魔力を伸ばす。

頭の中に思い描くのは、男の記憶から直接情報を抜き出す魔術式。本来、そこまで痛くはないのだけれど、そこにあえて痛みを感じさせるような魔術式を追加してみた。

「わ、わかった——話す。全部話す！」

それから男が口にしたのは、ある貴族の名前だった。テティウスと同じ年頃の娘がいるらしい。

スピラー伯爵家と王家の子供達が親しくしているという噂がどこかから広がり、イヴェリアを呪うことに繋がったようだ。

（……イヴちゃんは、僕の大切な友達なのに）

今回の人生では、友人を作るのも難しい。それは立場上しかたのないこととわかっていても、初めての友人をこんな形で傷つけられたくなかった。

「おじさんがしってるのは、それだけ？」

「そ、それだけだとも」

先ほど、男の前で口にしたのは本音だ。

男をできるだけ苦しめてから殺してやりたいという欲求は、テティウスの中にも存在する。

――でも。

イヴェリアはそれを望まないだろうし、実のところ、テティウスもまだ決意できていない――人の命を奪う決意までは。

「とうさま」

「何だ？」

「このおじさん、とてもいいまりょくをもっています。きょーせーろーどーさせるなら、ませきにまりょくをこめるしごとがいいんじゃないかな」

「……考えておこう」

牢の前で、ふたり、顔を見合わせる。

父の目は、テティウスが相手を拷問して殺さなかったことに安堵しているようだった。たしかにそうしてやりたいと思ったけれど、それをやってはいけないのもわかっている。

（大丈夫、僕はそんな道は選ばない）

女神から、大きな力をもらったのは事実。その力をどう使うのかテティウスに任されているのも嘘ではない。

今回の人生はまるっとおまけみたいなもの。好きなことしかしなくていいと言われたけれど、だからこそ、与えられた力の使い方には慎重でいたいと思うのだ。

「あしのうらがかゆいのだけはなおしてあげたけど、あとは、おじさんがはんせいしたともったらなおしてあげます」

「――おいっ！　話が違う！」

男の声を背に、テティウスは牢から離れて歩き始めた。

（らしくないな……）

父の前で、あまりにも子供らしからぬところを見せてしまった。こんなところを見せてしまったのには後悔が残る。

『王様もわかってるから、そんな顔をしないの』

と、自己嫌悪に浸っていたら、背後から腕がにゅっと伸ばされ、そのまま高い位置で抱きかかえられた。

「――テティ」

「とうさま、ぼくのことをきらいにならないで」

父の首にしがみついて、肩に顔を埋める。

「なるものか。おまえは、自慢の息子だよ。だがな、やっぱりまだ早かったんじゃないか？いい気はしなかっただろう？」

「それはそうだけど」

「父様を信じろ。嫌いになんてならないよ」

相手が悪人であっても、脅迫するのはやっぱり向いていなかった。

（五歳児のすることじゃなかったな……）

イヴェリアを傷つけた相手に対する怒りは大きかったけれど、やっぱりちょっとやりすぎた。

でも、こんなところを見せても愛してくれるのだと思ったら、何だかほっとしてしまった。

＊＊＊

イヴェリアを呪った人物が捕らえられてから一週間後のこと。呪いの術者は、悪事を犯した者が強制労働させられる場に移動になったそうだ。

王宮の奥にある魔術を扱える者だけが収監される牢。そこで、魔石に魔力を注ぐ作業を延々と行うことになっている。

命じた貴族の方もまた、王宮へと呼び出されているそうだ。彼は爵位を剥奪された上で、追放刑になるだろうというのがナビーシャの予想。

（……落ち着くべきところに落ち着いたんだろうな）

あれからイヴェリアからは、新たな手紙が二通届き、テティウスはどちらにも返事を書いた。

ナビーシャと一緒に、どんなレターセットを使おうかと選ぶのも最近の楽しみだ。

「りゅーせーのついせきしゃのみんな、げんきかなぁ……」

兄達が剣術の稽古をしているのを眺めながら、テティウスはつぶやいた。ようやく、日常が戻ってきたような気がする。

「元気にしてるんじゃないの？　知らないけど」

テティウスは、膝にいるナビーシャに視線を落とす。

柔らかな身体は、テティウスの膝の上で自在に形を変えている。満足するまで顔を洗い終えたのが、今度はぐいーんと伸びた。

「どうした？　元気ないな」

部屋にやってきたアクィラが、元気のないテティウスの様子に気づいたようだった。

「アキにいさま。りゅーせーのついせきしゃのひとたち、さいきんこないなって」

「あー、冒険者だもんな。依頼が立て込んでいて忙しいんだろ」

「おーきゅーにきて、ぼくとおはなしをするいらいをだしましょか……」

よく考えたら、王宮に呼び出されていては、彼らの貴重な労働時間を奪うことになってしまう。きちんと依頼という形で呼び出して、冒険譚を聞かせてもらうべきではなかっただろうか。

今まで、彼らに甘えすぎていた——と考えていたら、こつんと額を弾かれた。

「にいさま、いたい」

「余計なこと考えるなって。依頼として出されたら、あいつらも恐縮しちゃうだろ？　たまーに、お茶とか食事に招待するぐらいでちょうどいいんだよ」

「おちゃはともかくしょくじはきんちょーしない？」

以前、兄や姉だけではなく両親もいる食事会に彼らを招待したことがあった。レナータはともかく、それ以外の面々は、緊張で食事の味がわからなかったらしい。

あとで聞いたところによると、レナータも実は緊張していたそうだ。

全員、緊張を顔に出さないよう必死だったけれど、それに成功したのがレナータだけだったというわけだ。

「なら、お茶にしとくか？」

「そうする。みんなが、かえってきたら」

帰ってきたら連絡がほしいとギルドに伝言を残してあるから、本当に王都にはいないのだろう。

「テティウス殿下。こちらにいらっしゃいましたか」

「どうしたの？」

アクィラと話しているところに、侍従が姿を見せる。

「テティウス殿下にお手紙でございます」

「おてがみ？」

侍従が恭しく差し出した手紙を受け取ってみる。それは、ちょうど話題に出ていた流星の追跡者からのものだった。全員、一枚ずつ書いてくれたらしく、封筒を開いてみると四枚の便箋が出てきた。

現金なもので、彼らからの手紙だというだけで、にこにことしてしまう。

「にいさま、おてがみ！」

「よかったな。何て書いてあるんだ？」

皆の文章を総合してみると、二級冒険者への昇格を見据えた彼らは、積極的に依頼を受けて自分達を鍛えていたらしい。

このところ、王都を留守にする依頼が多かったけれど、ちょうど昨日戻ってきたそうだ。

だが、すぐに新たな依頼が入ってしまい、以前テティウスが飛ばされた迷宮に行くことになったのだという。

「なんでいまさらあのダンジョンにいくんだろ？」

テティウスの疑問に答えたのはアクィラだった。

「迷宮変化の調査だろうな」

「ちょうさ？」

「ほら、前に出現する魔物が変化したことがあっただろう」

「はい、おぼえていましゅ」

あの時、テティウスも大変な目に遭ったのを忘れてはいない。王宮と迷宮が繋がるなんて、誰が予想しただろう。

ナビーシャがたまたま一緒に飛ばされてくれたから助かったけれど、ひとりだけ飛ばされていたらと思うとぞっとする。

「父上が、核を破壊するように依頼を出したんだ」

「かくをはかい……？　でも、そうしたらダンジョンがかつどうとめちゃうんじゃ」

どの迷宮にも核が存在するが、その核を破壊すると、迷宮そのものが活動を停止するのだ。自然にできた迷宮は、核を破壊されるとその形だけを残すという。

「でも、その方が安心だって話になったんだよ。もともと、王宮に近い位置にある迷宮だしな」

あの迷宮から魔物が溢れるようなことがあれば、王都全体に被害が及びかねない。

けれど、迷宮内の魔物からとれる素材のことを考えると、核の破壊には否定的な声も大きかったそうだ。

何年もの間話し合いを続けていたけれど、結論が出ないままだったらしい。

だが、迷宮の危険度が上がったため、今回核を破壊してしまおうということになったそうだ。

「……そっか。じゃあ、おわったら、いろんなはなしをしにきてくれるかな」

「そうだと思うぞ。テティが、どれだけ皆の話を楽しみにしているか、知っているんだから」

流星の追跡者達なら、きっと核の破壊に成功するだろう。彼らだけではなく、冒険者達のうちの誰かが迷宮の核を破壊すればそれでいい。

迷宮が活動を停止してしまったら、王都にいる冒険者はその数を減らすことになる。もしかしたら、流星の追跡者達も、王都を離れることになるかもしれない。

——それは寂しいと思う、けれど。

彼らには彼らの生き方がある。王都を去るという彼らを止める権利は、テティウスにはない。よく知られた迷宮だし、さほど危険はないだろうとのんきに構えていたけれど、事態が大きく動いたのは、それから二日後のことだった。

王宮が不意に騒がしくなった。

入れ替わり立ち替わり騎士達が駆け込んでくるのが子供達のいる部屋まで伝わってくる。

「回復魔術を使える者は、全員中庭に集合！　迷宮の入口に向かう！」

そう叫ぶ声が聞こえてくる。

王家の子供達は、一室に集まって時間を過ごしていたが、外から聞こえてきたその声に勢いよく立ち上がったのはゼファルスだった。

「——ゼフにいさま？」

テティウスが驚愕の声をあげたのも当然。

いつもは行儀のいい長男が、窓を開いて飛び降りてしまったのだ。何で、そこから飛び降りたのかまったくわからない。ここは、二階だ。

「――アキにいさままで！」

ゼファルスの普段は取らない行動に首をかしげていたら、アクィラまで続いて飛び降りてしまった。

「ぼくも！」

兄達のあとを追おうと窓枠によじ登ったところで、がしっと両脇から抱えられて引き戻される。

「テティはだめよ。ちゃんとお行儀よくしなくちゃ。私達と一緒に行きましょう」

「真似しちゃだめ」

ユスティナとヘスティアに諭され、テティウスは唇を尖らせる。

とはいえ、姉達の言っていることが正しいのは理解できたので、おとなしく窓枠から降りた。

「ねえさま、ねえさま、おしえてください。なぜ、ぼくはりょうてをとられているのでしょう？」

「逃げないように」

「そうそう。ナビ子さんがいるのをいいことに、すぐに勝手な行動をとるものね」

そんなことはしないのに。

どうやら、姉達のテティウスに対する信頼度は限りなくゼロ。ここから巻き返していくのは難しいようだ。

姉達に連れられて外に出たら、もう皆行ってしまったあとだった。ひとりだけ残されていたのは、見習い騎士。

急いで迷宮に向かった騎士達が残していった稽古用の剣や防具などを片づけているようだ。

「ねえ」

「はい、あ、殿下っ！」

テティウスが声をかけたら、見習い騎士は直立不動の姿勢になった。テティウスの両側を姉ふたりがしっかり固めているというのもあるのだろう。

見習い騎士ならば、普通間近に接することのない王族が目の前に三人もいるのだ。固まってしまう気持ちもわかる。

「騎士達、どこに行った？」

「ゼフ兄様とアキ兄様もよ。騎士達総出で出て行ったということは、何かあるのでしょう？」

「……迷宮で、問題が発生したそうです。殿下。詳しいことはわかりません」

「迷宮で？」

声をあげた双子は顔を見合わせた。テティウスを拘束していた腕が緩む。

「くすり、いる？」

「お父様とお母様に聞いてみましょう。テティ、ナビ子さん、一緒に来て」

また双子に引きずられるようにして、父の執務室へと連れていかれた。廊下を進む双子の足取りはいつになく荒い。走り出すぎりぎり少し手前と言った様子だ。

「父様、入ってもいい？」

執務室の前で息を調えると、へスティアが手を伸ばして扉を叩いた。

「父様。兄様達は騎士達と一緒に行ってしまいました。へスは、じゃなかったへスティアは工房で回復薬づくりを、私はへスティアの手伝いをします。いいですか？」

「あ、あぁ……頼む」

今回が緊急事態だということだろうか。

父に許可を求めるユスティナの口調は、いつになく険しいものだった。へスティアのことも、愛称ではなく正式な名で呼んでいる。

これが、王族の気概というものか。

テティウスは、前世の記憶がある分、彼女達よりは大人な思考をしている自覚はあるが、へスティアもユスティナもまだ九歳。その彼女達が、こんなにも立派に父と対話している。

その光景に、胸が熱くなってきた。王家の者は、民のために存在する。

今、テティウスができることと言えば。

「とうさま、ぼくもいきます。げんばで、かいふくまじゅちゅをつかう」

「――だが」

「王様、テティにやらせてやってくれないかしら。テティなら、ちゃんとやるわ。失敗はしない」

ナビーシャの発言に、父は渋い顔になる。

「それもわかってはいるが」

「おねがいします。ぼくもおうぞくだもの」

「……そうだな。だが、危ないことはしないと約束してほしい」

父の言葉に、テティウスはうなずいた。前世がどうであれ、今のテティウスは無力な子供だ。無理なことはしてはいけない。

「アンタの魔力は温存。アタシに乗って！　周囲の状況を確認したいから、転移じゃなくて空から行くわ」

「あいっ！」

父の仕事机の前で、ナビーシャは身体を大きくした。テティウスが背中によじ登ると、双子が窓を大きく開け放ってくれる。

「いってきましゅっ！」

窓から飛び出し、見下ろせば、街の人達が避難の準備を始めているのが見えた。

今のところ、迷宮から魔物が溢れてきているわけではないが、王都に近い位置にある迷宮だから、こういう時の対応策は以前から周知されている。

道を行けばけっこうな時間がかかるが、ナビーシャのおかげであっという間に迷宮の入口に到着した。

少し開けたその場所は、たくさんの人がいた。

傷の手当を受けている者、中から怪我人に肩を貸して出てくる者。騎士達もまた、突入の準備を始めていた。

（……嘘でしょ！）

よく知っている冒険者が、仲間の肩を借りてよろよろと歩いてくるのが見えた。

「――レナータ！」

ナビーシャの背中から滑り降りるようにして、近づく。ネレアの肩を借りているレナータは、右腕の肩から先を失っていた。

「テティ殿下……私は、不覚をとってしまったみたいだ……もう、冒険者としては働けないだろうね」

苦痛に眉を寄せながらも、レナータは笑みを作ってみせた。痛みに歪んでいたけれど、彼女はたしかに笑っていた。テティウスを脅えさせまいとしているみたいに。

テティウスは涙がにじみそうになるのを、懸命に押し殺した。

こんなところで泣いてはだめだ。泣くためにここに来たわけじゃない。

重傷者は多数出ているようだけれど、まだ、死者はいないみたいだ。生きているなら、何とかできる。

パチンと両手で頬を叩いて気合を入れる。大丈夫、できる。いや、やらなくてはならない。

「ぼくにおまかせ！　……ナビ子しゃん！　ダンジョンのいりぐちにけっかい！　まもにょがでてこられないようにして！」

「オッケー、まっかせなさい！」

「ぼうけんしゃのひとたち、けがにんをあつめて！　ぼくがまとめてちりょうする！」

誰も、死なせやしない。そんなことはさせない。そのためにテティウスはここにいるのだから。

（神様、僕をこの世界に送ってくれた女神様……どうか、僕に力を貸してください）

今のテティウスは、今の家族を愛している。この国に生きている人達のことを愛している。この国を愛している。

女神アスタナは言った。

何のしがらみもない人生。テティウスは、好きなことだけして生きていけばいい。

——それなら。

祈りを捧げると、ぱぁっとまばゆい光があたりを照らした。

テティウスの身体から、一気に魔力が抜けていく。でも、大丈夫だ。このぐらいなら、まだ余裕がある。

苦痛に呻《うめ》く冒険者達の間に、その光が降り注いでいく。光がやんだ時には、皆、驚いたようにあたりをきょろきょろと見回していた。

「……レナータ！」

ネレアの声が響き、レナータはまじまじと自分の右腕を見る。

そう、右腕を見た。

迷宮の中で魔物に食いちぎられたはずの腕が、何事もなかったかのように再生されている。

「テティ殿下……」

「ね？　レナータ、ぼくまかせてっていった」

テティウスに向かい、レナータは無言で頭を下げた。胸に手を当てて、もう一度頭を下げる。

「テティ、どうしてここに！」

「お前まで来ちゃだめだろっ！」

少し離れたところで指揮をとっていたゼファルスとアクィラが駆けつけてくる。そんなふたりに向かって、テティウスは首を横に振って見せた。

「にいさまたち。ぼくがやらないと……ぼくには、そのちからがあるんだから——だれもいたいおもいをしないでほしいの」

もちろん、テティウスの腕は、この世界すべてを、いや、この国の人すべてを抱え込めるほど長いわけではない。

だが、今、ここにいる人達ぐらいなら、後遺症もなく癒やすことができる。

「テティ、結界を張ったわ。これで、魔物は外に出てくることはできない」

「ありがとう、ナビ子しゃん」

「どういたしまして」

ナビーシャとテティウスの様子を、兄達は驚きの目で見ていた。

彼らの目には、テティウスの様子が大きく変化したように見えているのだろう。

テティウス自身、何となく自覚している。「テティウス」よりも「優人」の面が強く出ている、そんな自覚だ。いつもとは、口調まで変わっている。あいかわらず、舌は回っていないけれど。

「ナビ子さん。中に残っている冒険者はいるか？」

「いないわ。全員脱出したみたい」

ゼファルスの言葉に、ナビーシャは首を横に振った。尾をゆらゆらと揺らしているが、緊張感を失ったわけではない。

「それなら、騎士達が揃い次第、中に入って――」

「まって」

ゼファルスの言葉を途中で遮ったテティウスは、手を伸ばして兄の腕を掴んだ。

「ぼくが、いく」

「テティ！」

「ぼくとナビ子しゃんなら、どんなまもにょがきてもだいじょうぶ。いっきにかけぬけて、かくをはかいする」

テティウスの発言は、兄には信じがたいもののようだった。

それはそうだろう。いくら神獣と一緒とはいえ、五歳の子供が迷宮を駆け抜けようというのだ。あまりにも危険が大きすぎる。

「それは許さないぞ。兄上だって、許すはずがない」

信じられないというように目を見開くゼファルスに反し、アクィラは険しい顔になった。こちらに手を伸ばしてきたけれど、彼の手が届かないところに、テティウスはさっと飛びのく。

「なら、どうするの？　きしだんのきしをいかせて、ぼうけんしゃたちみたいにけがをさせるの？　それとも、ぼくがけがをなおしたばかりのぼうけんしゃに、もういちどいけっていうの？」

「そ、それは……」

「だいじょうぶだよ、アキにいさま。ぼくは、かみしゃまのおかげで、このせかいにくることができたんだから。ナビ子しゃん……しんじゅうナビシャ・ビッタ・コエリーだっていっしょ」

「テティ、行くな！」

「しんぱいしなくていいよ。ぼくと、ナビ子しゃんはむてきなんだから！」

アクィラが引き止める声も聞こえないふりをして、ナビーシャに飛び乗った。

「誰か、ナビ子さんを止めて！」

ゼファルスの頼みに冒険者がナビーシャを引き留めようとするが、そんなの彼女の前では何の役にも立たなかった。

「どきなさーい！」

冒険者達の手をするりと抜けた彼女は、一度空中に舞い上がる。それから、迷宮の入口めがけて勢いよく突っ込んだ。

テティウスを乗せたナビーシャが突っ込んだその瞬間だけは緩んだ結界だったが、次の瞬間ぴたりと閉じられる。

「テティ！　ナビ子さん！」

「だめだ！　待て！」

アクィラがふたりの名を呼び、ゼファルスは何とか引き留めようとする。続いて入ってこようとするけれど、ふたりともナビーシャの結界に阻まれた。

「だいじょうぶ！　ぼくたちにまかせて！」

テティウスがそう声をかける間にも、ナビーシャは走りだしていた。

迷宮の奥の方から、唸るような声が聞こえてくる。

「……たしかに、まもにょがいっぱいいるね」

「アタシにまっかせなさい！」

「もちろん。たよりにしているよ、ぼくのナビーシャ！」

珍しく、ナビーシャの名前をちゃんと言えた！

ナビーシャの背中に乗り、魔物の攻撃が通らないよう周囲に鉄壁の防護壁を張って。

襲いかかってくる魔物達を、その防護壁で跳ね飛ばしながら、テティウスとナビーシャは進み続ける。

いつだったか、流星の追跡者達と一泊した場所もさっと走り抜けた。

魔物達の唸る声も、もうテティウスの耳には届かない。ただ、ひたすら前を見て進み続ける。

「邪魔っ！　おどきっ！」

前に立ちふさがろうとする魔物は、ナビーシャの爪にひっかけられて飛ばされた。

何物も、ふたりの前に立ちふさがることはできなかった。ナビーシャの強さを、改めて目の当たりにする。

（よかった！　ナビ子さんと一緒で）

女神はテティウスに大きな力をくれたけれど、ナビーシャと一緒ならどこまでも行けるような気がする。

そして、ついた迷宮の最深部。そこは、大きな広間だった。

「……これは」

今まで通ってきた道とは違い、床も壁も、磨かれた石でできている。白く輝くその石は、どこか荘厳に見えて、神に祈りを捧げるための部屋と言われても納得してしまいそうだった。

そして、その部屋の中央にあったのは、台座の上に置かれた巨大な丸い玉であった。直径がテティウスの身長の倍ほどもありそうなその玉は、赤く輝きながらくるくると回っている。

「なんだろ、これ……」

ナビーシャの背中から滑り降りたテティウスは、その玉に手を伸ばした。

妙に心惹かれる玉だ。

手を伸ばすと、それは嫌がるように左右に揺れた。だが、台座からは離れることができないらしい。揺れるだけで、遠くに逃げることはなかった。

「ナビ子しゃん、これがかく?」

「ええ、そうよ。これが、迷宮を制御しているの」

テティウスは目を閉じ、そして開いた。迷宮を制御しているこの玉の魔術式を書き換えたなら、もしかしたら。

「ナビ子しゃん、ぼく、これかきかえられるきがするの」

「ええ。普通の人には無理だけれど、あなたならできるかも」

「うん、いけるね」

テティウスがさらにもう一歩近づくと、玉はいやいやと主張するみたいにまた揺れた。だが、そんなことに構う必要はない。

玉に触れたとたん、流れ込んでくる魔術式。

テティウスはそれをひとつひとつ、丁寧に解いていく。迷宮の構造、内部の温度、湿度、水場、魔物を含めた動植物の生育状況……すべて、この核に記された魔術式で制御されている。

これほどまでに緻密な魔術の組み合わせを、テティウスは見たことがなかった。

（うん……できる）

テティウスの魔力は豊富だが、それでも書き換えとなると大量の魔力を使うらしい。

魔力を繊細に操作しながら、核に刻み込まれている魔術式を、ひとつひとつ慎重に書き直していく。

完成した時には、玉はその輝きの色を変えていた。赤から青へ。そして、くるりと回ると再び台座の上で青い光を放ち始める。

そして、光がやんだ時には、玉は台座に落ち着いていた。もう、回ってはいない。

「どうやって書き換えたの？」

「かつどうをいちぶていしさせた。はかいしちゃうと、ダンジョンがくずれるでしょ？　だから、いちぶかつどうていし」

「それだけじゃないわよね？」

やっぱりナビーシャには、バレていたみたいだ。神獣にはかなわない。

「まもにょはおにくになるよわいのだけでるようにした。あと、しょくぶつはいままでどおり」

「それがいいわね」

王都の近くにあるこの迷宮から薬草を持ち帰ることで生計を立てている人もいる。薬が手に入らなくなれば、困る人も出てくるだろう。

それに、ここで出没する魔物の肉を食している人も多い。だから、テティウスは迷宮の活動を一部停止させた。そして、出没する魔物の種類を弱いものに限定し、迷宮の形はそのまま保つよう魔術式を書き換えた。

迷宮の核は、神の領域だ。書き換えられる人は、テティウスの他にはいないだろう。

「行きましょ」

「……うん」

危ないことはしないと言ったのに、帰ったら叱られそうな気もする。ナビーシャの背中にテティウスが乗り込むと、彼女は迷宮の入口目指して戻り始めた。

もう、この迷宮には強力な魔物は出没しない。あたりをうろついている魔物達も、テティウスとナビーシャの気配を感じれば、すぐに隠れて姿を消してしまう。

帰路は、魔物との戦闘になることなく、あっという間に入口まで戻ることができた。

誰も出入りできないようにしていた結界を解いて、外に出る。

「殿下！」

「テティウス殿下！」

「殿下達がやったぞ！」

無事に出てきたテティウス達を見て、歓声があがる。

「――テティウス！」

「とうさま！」

「まったく、お前というやつは……お前というやつは……！」

怒られるかと思っていたら違った。

父は、テティウスを捕まえたかと思ったらぎゅっと抱きしめる。背骨が折れてしまうのではないかと思ってしまうほどの力強さだった。

「危ないことは、するなとあれほど言ったのに！」

「ごめんなしゃい……」

肩に熱い雫が落ちてくる。抱きしめてくれる手が震えているのに気が付いたら、それ以上何も言えなくなってしまった。

父が、子供達をどれだけ愛しているのかよくわかっているからなおさら。

「父上、テティが苦しそうです。下ろしてください」

「……あぁ」

ゼファルスに言われた父は、ようやくテティウスを地面に下ろしてくれる。地面に膝をつき、ゼファルスは、テティウスと真正面から目を合わせてきた。

「テティ、君がすごい力を持っているのは知っているけど、今回はちょっとよくなかったかな？」

「ごめんなしゃい、ゼフにいさま」

もう一度、謝る。自分が悪いのは、ちゃんとわかっている。

この世界では好きなことしかしなくていい。そうアスタナと約束しているけれど、今回はたしかに危なかった。

「で、迷宮はどうだった？　テティならどうにかしたんだろ？」

「あい、アキにいさま。ダンジョンはほぼかつどーていし」

「ほぼ活動停止？」

テティウスの説明だけはピンとこなかったみたいだ。兄ふたりは、顔を見合わせた。

いつもの大きさに戻ったナビーシャが、ひょいとテティウスの肩に飛び乗る。

「アタシとテティが、迷宮の核の活動を一部停止させた――というか、テティが、核に刻まれている魔術式を書き直したわ。破壊すると迷宮が崩れるでしょ？　そうなったら、中の薬草も採れなくなるもの。あと魔物も弱くて美味しいのだけ出るようにしたんですって」

「ですってよ、父上」

ゼファルスはため息をついた。そして、ひょいとテティウスを抱き上げる。

「テティの行動を縛るのは無理そうだから……僕達は優しく見守ることに集中しましょう」

「……兄上の言う通りだ。テティはテティだもんな」

アクィラも、テティウスの頭を撫でてくれる。父もまた、ゼファルスと同じようなため息を漏らした。

「そうだな――帰ったら、お母様としっかり話をしてもらおうか」

「……あぅ」

きっと、母も父と同じように泣くのだろう。母に泣かれるのは嫌だなーと思うけれど、自分のしでかしたことだ。責任は取らなくては。

「殿下、お帰りなさい！」

「あなたならできると思っていたけれど」

「あい。できた」

流星の追跡者、レナータとネレアが声をかけてくる。照れたテティウスが頬をかくと、セリオンがテティウスを抱き上げた。

「殿下がやったぞ！　犠牲者ゼロだ！」

周囲がどっと沸いた。ようやく、迷宮が活動を止めたというのを理解したらしい。

「テティウス王子、万歳！」

その声が、あちこちに広がっていき――ついには、あたりを騒がせるような大歓声となった。

口笛、拍手、笑い声。未来を生きる力がここにある。

やはり、この国が好きだ。この国で生きている人達が好きだ——この世界が大好きだ。転生した先が、ここで本当によかった。

「ねえ、ナビ子しゃん」

「何?」

「ぼく、このせかいにうまれてよかった」

「そうね、アタシも同じことを思っていたわ」

この身体は小さくて、まだ、ままならないことも多いけれど——でも。

最高に幸せなこの生活を、守りたいとテティウスは心から思った。

エピローグ

テティウスが迷宮に潜ってから数日が過ぎた。

戻ってきた時には、家族を泣かせてしまったけれど、数日たった今では、皆落ち着きを取り戻したようだ。

(戻ってきた時は大変だったよな……)

と、ナビーシャを抱きしめながらテティウスは考える。

母はテティウスを抱きしめて離さなかったし、姉ふたりはその日の夜、寝室まで押しかけてきた。三人並んで寝るだけのスペースは充分あったけれど、ぎゅうぎゅうくっついてくるのには、閉口した。

テティウスの膝の上で、前足を舐めてはせっせと顔を洗っているナビーシャは、まるで、ただの猫みたいだ。

(そういえば、あの猫、どうなったんだろうな……)

ナビーシャを見ていると思い出すのは、前世での最期のこと。優人がすくい上げた子猫は、あれからどうなったのだろう。

できる限り自分の身体で抱え込むようにはしたつもりであるけれど、あの状況では、あの子も助からなかったかも。

「助かったわよ？」

「え？」

テティウスの心の中を読んだみたいにナビーシャが言うから、びっくりしてしまった。

「アンタが拾った子猫。助かった」

「そっか、げんきにしてる？　いいかいぬしにあえたかな？」

「最高の飼い主に出会って、元気に暮らしているから安心なさい」

「そっかぁ、ならいいや」

「あの日、寒くて震えていたところを助けてくれた人にも感謝してるって」

くるりと振り返った金色の目が、どこかで見たものと重なる。

濡れて、震えながら、優人を見上げていた目。小さな黒猫。

ああ、と不意に気づく。

彼女は、あの日「優人」が抱き上げた子猫。

「なんだ、いいかいぬしってぼくのことじゃないか」

「何か言った？」

「ううん、なんでもない」

ナビーシャは言った。「いい飼い主に出会って、幸せに暮らしている」と。

いい飼い主というのがテティウスのことならば。

幸せだというナビーシャの言葉が本心からのものならば。

一瞬、見捨ててしまおうとは思ったけれど、救うことにしてやっぱり正解だった。こうして、テティウスの元に幸せを運んでくれたのだから。

「テティ、ここにいた」

「そろそろおやつの時間にしましょうってお母様が呼んでいるわ。ふたりが好きなクッキーを用意したから早くいらっしゃいな」

ヘスティアとユスティナが、手を繋いでやってくる。今日も彼女達は、お揃いで色違いの衣装を着ている。

「流星の追跡者達をまた招待しようと思うんだけどどうかな?」

「セリオンの剣術も、レナータの槍術もすごかったもんなー」

剣の稽古を終えたゼファルスとアクィラが加わった。

ティールームでは、母が待っていた。今日は、仕事を早く終えたらしい父もテーブルについて子供達を待っている。

「よし、揃ったな……テティ、スピラー伯爵令嬢が、今度王都に来るそうだ」

「イヴちゃん、くるの?」

テティウスは手を打ち合わせた。イヴェリアとは、呪いを解除して以来会っていない。元気になった彼女との再会が楽しみだ。

「早く、クッキーちょうだいな。アタシも暇じゃないんだから」

「ナビ子さんはせっかちね」

母がナビーシャの方に皿を押しやると、ナビーシャは尾を左右に振って、皿に顔を入れた。

やっぱりナビ子さんと呼ばれるのは気に入らないらしい。

「テティはここ！」

「違う、ここに座って！」

姉ふたりはテティウスをどこに座らせるか揉め始め、間にテティウスを座らせてご満悦である。

兄ふたりは、双子の正面に座り、その様子をニコニコとして眺めていた。

『いい兄妹じゃないの』

肩に飛び乗ってナビーシャが囁く。

（うん、僕もそう思ってる）

新しい世界に生まれて、まるっとおまけな人生。

皆に見守られて、好きなことをやれる人生。前世、早く死んでしまったのは不幸だったけれど、今、ここにこうしていられるのは幸せだ。

「とうさま、ぼく、これできるようになった」

テティウスが手を振れば、ひらりひらりと水でできた蝶が舞う。一匹、二匹、三匹。

「きれーい！」

「アタシが初めて見せた魔術ね！」

満足そうににっと笑ったナビーシャは、おもむろに尾を振った。水の蝶の上に虹がかかる。

「テティも、このくらいできるようにならないとね」

得意そうなナビーシャの声に、子供達の歓声が重なる。

テティウスはナビーシャを抱き上げると、柔らかな毛並みに頬ずりした。

END

番外編　ナビ子さんは、子供には優しい

王宮の庭園に、カンッと木製の剣が打ち合わされる音が響いた。打ち上げられた剣が、宙を舞って地面に落ちる。

「うわ、やられた！　殿下、すごいな」

五歳の誕生日に引き合わせてもらった、ガイスとラルゴが遊びに来ているのだ。今、テティウスによって剣を落とされたのはガイスだった。

「むふー、ナビ子しゃんのおかげ！」

「それにしても、すごいですよ！　ガイス君とは、全然身体の大きさが違うのに」

テティウスはえへんと胸を張り、ラルゴは感心したような声をあげた。

大柄で剣術が得意なガイスと剣を打ち合わせるために、ナビーシャに頼んで肉体強化魔術をかけてもらったのだ。

おかげで、六回、剣を交えることができたし、ガイスに勝てた。肉体強化魔術をかけてもらっていなかったら、最初に打ち合った段階で剣を取り落としていただろう。

自分で肉体強化魔術をかけての打ち合いだったとしても、魔術を制御しながら剣を使うのは難しい。ナビーシャのおかげである。

なお、テティウスは他のふたりと比べると体が小さいため、肉体強化魔術はハンデとしてふたりに許可を取っているので問題ない。

「テティ、そこまでよ。アタシの魔術に頼りきりになるのもよくないからね」

「あい、ナビ子しゃん」

側にいたナビーシャは、翼を羽ばたかせて、テティウスの肩に着地する。

「ガイス君、テティに付き合ってくれてありがと」

「いいよぉ、俺も、テティ殿下とナビ子さんに会いたかったし！　ラルゴ君もそうだろ？」

「うん。僕も会いたかったです」

ほっそりとしているラルゴは、魔術が得意なのだとか。

特に得意なのは土系統の魔術で、今、テティウス達が三人並んで腰を下ろしたベンチも、土魔術でラルゴが作ってくれたものだ。

「それにしても、ふたりとももったいないないわね」

ガイスの膝の上に移動し、ゴロゴロと喉を鳴らしていたナビーシャが、尾を揺らす。

小さな男の子は動物に対する扱いが乱暴だとテティウスは思い込んでいたのだが、ガイスもラルゴも、ナビーシャに優しい。翼猫の扱いも慣れたものだ。

テティウスは知らないのだが、五歳の誕生日に招待された子供達は、事前に国王の厳命による調査が入っている。問題のありそうな子については、そもそもあの場で顔を合わせることすらなかった。

特にテティウスの「友人候補」として引き合わされた子供達は、基本的な調査に加えて、趣味や日頃の生活習慣なども調査され、検討に検討を重ねた結果選ばれた子。動物や小さな子供に対する扱いが乱暴なんてことあるはずもない。

「ナビ子さん、もったいないってどういうこと？」

ラルゴが首をかしげる。ふふん、とナビーシャはガイスの膝の上で背中をそらせた。

「ラルゴ君は剣術の才能があるし、ガイス君は魔術の才能があるってこと」

前足で示され、剣術の才能があると言われたラルゴはまたもや首をかしげ、ガイスは「嘘だろ」とつぶやいた。

「あら、アンタ失礼ね！　アタシが信じられないって言うの？」

気分を害したらしいナビーシャは、ひょい、とガイスの膝から飛び降りた。ポンポン、と地上で飛び跳ねたかと思ったら、今度はラルゴの膝に移動だ。

「でも、僕、剣術はあまり……」

「アンタが習っている流派とアンタの資質が向いてないのよ。アンタが習っているのは、ケイロス流でしょ？」

「うん。僕の家は、家を継がない人は騎士になる人が多いんです」

ケイロス流というのは、王家を守る騎士団が採用している流派の名だ。初代騎士団長が立ち上げた流派だと言われている。

王家を守る騎士は、大人ひとり抱えて走れるほど体力がある者でないと騎士団に入団できない。肉体強化魔術の使用もありとされているから、そこまで筋骨隆々の人ばかり所属しているわけでもないけれど、力がないと無理な流派だ。

「ちゃんと修行すれば、肉体強化魔術も上手に使えるようになるだろうから、まあ、ケイロス流でもそこそこのところにいけるとは思うけど。エレノール流ならこの国一になれるかも」

エレノール流とは、とある貴族女性が始祖となった流派だ。

肉体強化魔術を使ったとしても、男性にはかなわない。非力な女性の身体で、男性騎士と対等にやり合うために、華麗な足さばきと剣の受け流しで相手を翻弄する戦い方となったらしい。

始祖のエレノールは多少魔術を使えたらしく、魔術と剣術を組み合わせた攻撃方法も、ケイロス流より様々な方法があるそうだ。たしかに、魔術が得意なラルゴにはそちらの方が向いているかもしれない。

「本当に？　わあ……」

ラルゴは、ガイスとの剣術のレベルの差に、ちょっとコンプレックスがあったようだ。

エレノール流ならば、今学んでいる剣術よりも上にいけるかもしれないと聞いて、ラルゴの目が輝く。

「なあ、ナビ子さん。俺は？　俺は？」

「教えなーい」

ラルゴの作ったベンチから飛び降りたガイスがナビーシャに問うけれど、ナビーシャはぷいと顔をそむけた。わざわざラルゴのお腹側に顔を向けて、ガイスには完全にお尻を向けてしまう。

「……そんなぁ」

ナビーシャに拒まれたガイスは、半泣きになった。ナビーシャの尾の先がきゅっと丸まった。

（やれやれ、ナビ子さんも本気じゃないのに）

子供相手に大人げないが、いったんお尻を向けてしまったナビーシャは、いまさらあとには引けないのだろう。

「ねえ、ナビ子しゃん。ぼくもきになる。ガイスくん、なにのまじゅちゅがとくいなの？」

「……テティが言うならしかたないわねぇ……」

テティウスが助けに入ったのをわかったらしく、ナビーシャはいそいそとラルゴの膝の上で座り直す。

「アンタは、特に水の魔術が向いているわ。術式魔術は無理だろうけど、詠唱魔術なら、けっこういい線いくわよ。術式魔術は、肉体強化魔術に全振りしなさい」

「水で詠唱魔術かぁ……」

ガイスはちょっと残念そうな顔になった。

詠唱魔術は、制御は比較的容易だが、何をしようとしているのか相手に悟られてしまうために、戦いの場ではあまり向かないのだ。

シルヴァリア王家ではアクィラがガイスと似たタイプで、術式魔術も練習しているものの、実戦で使い物になりそうなのは肉体強化魔術だけらしい。

詠唱魔術も、相手に悟られない様にする方法はいくつもあるので、アクィラはそちらを極めていくことになるだろう。

「あら、馬鹿にしたもんじゃないわよ、水も。考えてもごらんなさいな、戦いが終わったあと、傷口を洗うのに水は必要でしょう？」

「うん」

回復魔術を使える者も存在するが、彼らの治療は重傷者限定だ。

回復魔術を頻繁に使用すると、身体の回復能力を損なうということはよく知られていた。そのため、さほど深くない傷は、薬で治すのがこの国流だ。

「それに、生きていく上で水は必要よ。もし、任務の最中に遭難しても、水があれば生き延びる率はぐんと高くなるんだから」

「……そっか」

「アンタにはまだ早いけど、水の魔術を使って攻撃する方法だって、いろいろあるんですからね」

「ありがとう、ナビ子さん！　家に帰ったら、父上に頼んでみる！」

今までガイスは、自分に魔術の才能があるなんて考えたこともなかったらしい。

「僕も、家族に相談してみます」

「ええ、ご家族もだめとは言わないと思うわ」

テティウスの契約獣が、特別な獣だというのは、貴族の間では知れ渡っている。先日、王都の近郊にある迷宮の迷宮核を書き換えたのがテティウスだからだ。

ナビーシャの言葉と言えば、ふたりの両親も頭ごなしに反対はしないだろう。

(ありがとうね、ナビ子さん)

『お礼を言われるほどのことじゃないわ。アンタの友達だから、ちょっとしたサービスよ』

ラルゴの膝の上から、テティウスの膝に戻ってきたナビーシャは、お腹に頭をこすりつけてきた。

『このふたり、アンタの側近候補でもあるものね。側近にならなかったとしても、できることは多い方が未来の選択肢が増えるでしょ』

(……うん。できることは多い方がいいね)

どうやら、ナビーシャも子供には弱いらしい。

「三人とも、ここにいたのか。母上が、おやつにしようって呼んでいるよ」

並んでベンチに腰かけ、足をぶらぶらさせていたら、王太子みずから三人を探しに来てくれた。三人の様子を少し離れたところから見守っていた護衛の騎士達が、揃って頭を下げる。

「おやちゅ！」

テティウスは目を輝かせた。

「ラリュゴくん、ガイシュくん、いこ！」

おやつに興奮しすぎて、友人の名前まで噛んでしまっている。

だが、ふたりはそんなことは気にならないみたいだった。ラルゴがベンチを土に戻し、テティウスのお尻についた泥を払ってくれる。

「にいさま、きょうのおやつはなんですかー？」

パタパタと兄の方に駆け寄ろうとしたところで、足がもつれてぺたんと倒れる。

「殿下！　大丈夫ですか？」

「おんぶしてやろうか？」

ラルゴとガイスが駆け寄ってくる。

「ありがと。だいじょうぶ、じぶんであるく」

やってしまった。頭が大きい幼児の身体は、気を付けないとすぐに転んでしまうのだ。

「じゃあ、手を繋ごう」

ガイスが手を差し出し、反対側からラルゴも手を出す。ちょっと考えた末、テティウスはふたりの手を取った。

「三人とも、仲良しだね」

「はい、にいさま！」

ゼファルスが微笑ましそうに微笑み、テティウスは元気よく返事をする。

二度目のまるっとおまけな人生も、どうやら楽しくなりそうだ。

あとがき

本作はちびっこ王子テティと、ツンデレ翼猫ナビ子さんが、異世界で自由気ままに楽しむお話です。

異世界で王子様に転生したテティは、家族に溺愛されて、楽しく暮らしています。時々前世のことを思い出して切ない気持ちにもなるけれど、ちゃんと今の人生にも向き合っています。家族に愛されていますからね！

五歳までは家族や使用人以外の接点もなかったのが、冒険者達やイヴちゃんという友人もでき、テティの世界はどんどん大きく広がっていきます。

今回、番外編では、本編で友人にはなったものの、どうしても出番を用意できなかったガイス君とラルゴ君とテティが王宮でどんな風に過ごしているかを書きました。三人がわちゃわちゃやっているシーンを書くのも楽しかったです。

ナビーシャは、小さい子には甘いみたいです。きっと、男の子達もテティ&ナビーシャに振り回されながらも、友情をはぐくんでいくのでしょう。

そして本作、イラストは、Ｓｈａｂｏｎ先生にご担当いただきました。

愛らしいテティ&ナビ子さんと家族達にメロメロです。「Ｓｈａｂｏｎ先生、ちっちゃな男の子も可愛いんですよねぇ……」と打ち合わせの時につぶやいた自分、本当ＧＪだと思います。シルヴァリウス家の全員にくわえ、イヴちゃんまで……！　どのイラストもめちゃくちゃ可愛いです。

担当編集者様。お忙しいところ、お引き受けくださりありがとうございました。今回は、そんなにバタバタな進行にならなくてよかったです。今後もどうぞよろしくお願いします。

そして、読者の皆様。ここまでお付き合いくださり、ありがとうございます。

本作は、ベリーズファンタジー初の男の子主人公です。「男の子主人公書きたいです」という話をしてから「ベリーズファンタジーでは男の子主人公は初めて」と聞いて、少しドキドキしているのですが、楽しんでいただけたでしょうか。

ご意見、ご感想お寄せいただけたら嬉しいです。ありがとうございました。

雨宮《あまみや》れん

ちびっこ転生王子ののびのび異世界ライフ
~まるっとおまけな人生だから、過保護な家族に愛される今世を楽しみましゅ!~

2024年6月5日　初版第1刷発行

著　者　雨宮れん

発行人　菊地修一

発行所　スターツ出版株式会社

〒104-0031　東京都中央区京橋1-3-1　八重洲口大栄ビル7F
TEL　03-6202-0386（出版マーケティンググループ）
TEL　050-5538-5679（書店様向けご注文専用ダイヤル）
URL　https://starts-pub.jp/

印刷所　大日本印刷株式会社

ISBN　978-4-8137-9337-3　C0093　Printed in Japan

[雨宮れん先生へのファンレター宛先]
〒104-0031　東京都中央区京橋1-3-1　八重洲口大栄ビル7F
スターツ出版（株）　書籍編集部気付　雨宮れん先生

BF

『極上の大逆転シリーズ』好評発売中!!

2024年夏 第二弾決定

追放令嬢からの手紙
～かつて愛していた皆さまへ
私のことなどお忘れですか?～

著:マチバリ　イラスト:中條由良
本体価格:1250円+税
ISBN:978-4-8137-9250-5

お飾り王妃は華麗に退場いたします
～クズな夫は捨てて自由になっても構いませんよね?～

著:雨宮れん　イラスト:わいあっと
本体価格:1250円+税
ISBN:978-4-8137-9257-4

クズ殿下、断罪される覚悟はよろしいですか?
～大切な妹を傷つけたあなたには、倍にしてお返しいたします～

著:ごろごろみかん。　イラスト:藤村ゆかこ
本体価格:1250円+税
ISBN:978-4-8137-9262-8

王女はあなたの破滅をご所望です
～私のお嬢様を可愛がってくれたので、しっかり御礼をしなければなりませんね～

著:別所 燈　イラスト:ゆのひと
本体価格:1250円+税
ISBN:978-4-8137-9269-7

極上の大逆転
シリーズ